**이정자의 제6 · 7시조집

자연의 곳집을 열고
-부엉이 바위

李靜子 지음

새미

이제 시작(詩作)은 내 생활의 일부이다. 책을 읽다가, 여행을 하다가, 음악을 감상하다가, 자연을 바라보다가...... 이런 저런 사람과 접하면서 시상이 떠오르면 메모를 해둔다. 하루를 마무리하면서 또는 수시로 시상을 정리하여 내 집을 아름답게 가꾸고 꾸미듯이 한 편 한 편의 시를 만들고 짓는다.

시조는 운율이 있어 노래하듯 읽기에도 편하고 암송하기도 좋다. 시조의 장점을 살려 독자와 공감대를 갖고 울림으로 퍼져 나가기를 바란다. 시조는 우리 고유의 자랑스러운 정형시로 '국민시'이다. 시조는 결코 어려운 것도 아니고 진부한 것도 결코 아니다. 우리의 언어 구조가 시조쓰기에 적당할 뿐이다.

우리말의 언어구조를 잘 알고 요리하면 가능한 것이 시조의 형식이다. 대다수의 우리말은 2·3음절로 이루어진다. 이를 운용하고 활용하고 곡용하면 3·4·5음절이 된다. 이를 시조에 적용하면 시조가 요구하는 외형적인 율격과 함께 시어의 압축과 절제는 물론 구와 장간의 의미율을 충족시킬 수 있다. 그것이 시조의 묘미이고 시조미학이다. 우리의 것에 자부심을 갖고 모두가 시조 사랑에 한 발씩 다가가자. 특히 자유시를 쓰는 시인들도 우리의 고유시인 시조를 사랑하고 시조 창작의 문도 열어보기 바란다.

　이번에 '현대시조 창작원리'인 『현대시조, 정격으로의 길』을 본 시조집과 함께 출간 한다.

　시조의 현대화란 명목 아래 현대시조가 변격과 파격이 난무하면서 자유시 같다는 말이 나온다. 이에 따라 시조계나 학계에서는 염려의 목소리가 높아지고 있다. 그러면서도 '정격으로 갈 수 있는 현대시조 창작원리'는 제대로 정리된 것이 없다는 소리가 흘러나온다. 이를 안타까이 생각하여 내 놓은 것이 『현대시조, 정격으로의 길』이다.

　시조의 형식미와 각 음보와 구의 관계 및 각 구와 장의 의미율과 율격은 시조의 생명이다. 이를 제대로 알고 익히면 시조의 현대화란 명목아래 시조의 변격이나 파격을 자랑스럽게 생각하지도 않을 것이고 정격시조를 즐겨 창작할 것이다. 이 길이 『현대시조, 정격으로의 길』이다.

　아무쪼록 이정자의 제6시조집인 『자연의 곳집을 열고』와 제7시조집인 『부엉이 바위』가 이정자의 '현대시조창작원리'인 『현대시조, 정격으로의 길』과 함께 현대시조가 정격으로 가는 길에 디딤돌이 되기를 바란다.

- 2009. 7.

자헌 이정자 -

이정자의 제7시조집
부엉이 바위
순 서

부록1
현대시조, 정격으로의 길

부록2 (기존시조집)평자의 글
1. 학문 연구와 시조 창작의 길 개척/이태극
2. 內密한 되새김과 성찰/전규태
3. 생명의 이치를 담아 놓은 수줍은 언어/ 김 준

자헌 이정자의 제6시조집

자연의 곳집을 열고

Ⅰ. 시인론

1. 시작을 위한 서시(1)~(5)
2. 대상에 관한 관조(1)~(5)
3. 독자를 향한 울림(1)~(5)

Ⅰ 시인론

1. 시작을 위한 서시(1)

시인은
눈 딱 감고
귀까지 틀어막고

시어를
조탁하는
연금술을 익히면서

청빈한
언어의 씨앗
가슴 속에 심는다.

2. 시작을 위한 서시(2)

시심을
깨우려는
간절한 바람에서

시혼은
절벽 앞에
죽장처럼 곧추서서

자연의
곳집을 열고
신선한 시어 낚는다.

3. 시작을 위한 서시(3)

시상을
펼치면서
시심을 퉁겨보면

동해의
바닷물도
손안에서 출렁이고

하늘가
조개구름도
붓끝에서 노닌다.

4. 시작을 위한 서시(4)

때로는
붓을 날려
하늘가에 놓아두고

인생사
희로애락
거침없이 잡아끌어

마음껏
풀어 놓으며
품은 뜻도 새긴다.

5. 시작을 위한 서시(5)

사색의
깊이만큼
하 많은 사념들이

밤하늘
별빛처럼
울림으로 다가올 땐

시인은
그저 행복해
눈물 한 줌 쏟는다.

6. 대상에 대한 관조(1)

만물은
제 스스로
성정을 갖고 있어

관조의
대상으로
시심에 꽂혀지면

시인은
색깔을 넣어
형상하여 읊는다.

7. 대상에 대한 관조(2)

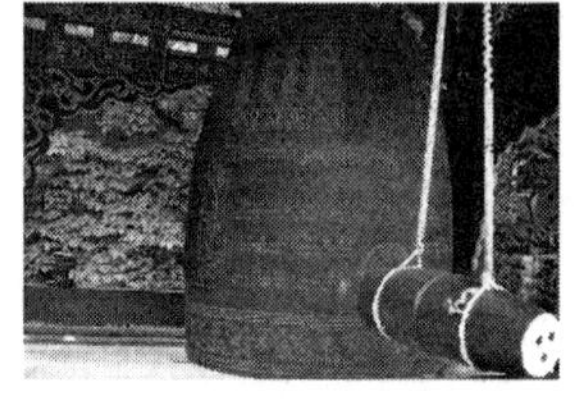

물속에
비친 달도
바라봄의 대상이고

허공에
비친 달도
바라봄의 대상이되

시인은
시흥에 젖어
행간에서 즐긴다.

8. 대상에 대한 관조(3)

시의를
담아보면
많이 해도 부족하고

그 뜻은
가히 없어
시어로는 부족하여

시인은
범종 울리듯
긴 파장을 날린다.

9. 대상에 대한 관조(4)

시의가
아름답고
시어가 순수해도

행간이
껄끄러워
그 뜻이 불안하면

시인은
영각(靈覺)을 울려
숨은 뜻을 바룬다.

10. 대상에 대한 관조(5)

경물을
묘사하되
정의가 드러나고

대상을
표상하되
시의를 응축시켜

시인은
할 말을 아껴
상관물을 놓는다.

11. 독자를 향한 울림(1)

먼 훗날
즐겨 찾는
시 한 편 날리고파

시인은
시혼 불러
시어를 띄워보고

참신한
소재를 찾아
신천지를 꿈꾼다.

12. 독자를 향한 울림(2)

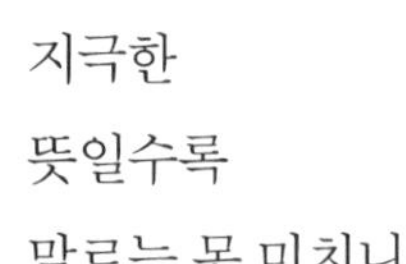

지극한
뜻일수록
말로는 못 미치니

가섭이
염화시중
부처님 뜻 깨닫듯이

시인은
언어의 벽을
초월하여 읊는다.

13. 독자를 향한 울림(3)

글로도
하고픈 말
다하지 못하는데

말로도
그 의중을
다 표현 못하는데

시인은
시 한 수 날려
온 우주도 담는다.

14. 독자를 향한 울림(4)

세상사
거리 두고
적은 것도 내려놓고

자연과
대화하고
우주에 귀 기울어

시인은
적요함 속에
시의 영각 울린다.

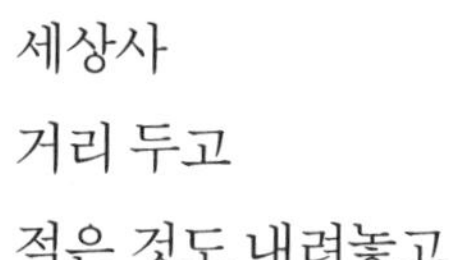

15. 독자를 향한 울림(5)

시인은
혜안으로
자연을 응시하며

무음과
대화하고
자연에 귀 기울어

원형의
모습 그대로
다함없이 듣는다.

Ⅱ. 봄의 향기

1. 실종*

산고를 거듭하며 근근이 얻은 분신
한순간 실수하여 흔적 없이 사라졌네.
어쩌나 초연한 듯이
다시 시작 해야지.

어릴 땐 엄마에게 괜스레 짜증냈지
지금은 누구에게 하소연도 할 수 없어
혼자서 멍하니 앉아
내 마음을 다스린다.
(2008.10.25)

　　* 오늘은 2008년 10월 25일. 금년에 쓴 시조와 자유시가 깡그리 달아났다. 이럴 수가!!! 찾을 길이 없다. 엉뚱한 것이 입력되어 있다. 이런 실수는 처음이다...... 어쩌겠나. 새로 시작해야지. 시작하자. 다행이 홈페이지나 블로그에 올린 몇 점은 건질 수 있었다.

2. 빛

빈 땅에 줄을 그어 새길 열어 가라하고
구름을 걷어내고 하늘 길도 가득 채워
조용히 등 뒤로 와서
길을 열어 비추지.

어느 땐 소리 없이 앞 서 가며 길을 열어
멈췄던 길도 다시 돌아보며 생각타가
하늘을 지렛대 삼아
좇아가는 길이 있지
(새시대 문학 2009.가을호)

3. 봄의 향기(4)

잔설이 꽃보라로
휘날리다 내려앉고
는개비 꽃소식을
남녘에서 실어오고

시냇가
버들강아지
찬비에도 눈을 뜨네.

4. 입춘

문틈을 파고드는
차가운 실바람도
투명한 창을 타는
햇살에 실려 와서

보름달
모닥불 지펴
입춘대길 꽂는다.
(2007.2.4)

5. 봄의 향기(5)

상큼한 봄의 향기
보슬비에 젖어들어
발끝에 다가와서
굽이굽이 펼치더니

사르르
꽃비가 되어
싱그러운 초록길.
(2007.3.20)

6. 봄날

3월의
감성들은
가방 속에 가득하고

봄바람
햇살 아래
선잠을 깨우더니

개나리
노랑나비로
달려오는 봄날이여.

7. 봄의 향기(07)

마파람 초록나물 코끝을 스쳐가며
싸아한 봄향기로 다가오는 재래시장
아낙의 손길을 타고 식탁에서 맴돈다.

봄바람 엉거주춤 배돌기만 하더니만
보이는 곳곳마다 새 생명을 부어준 듯
이토록 뜰 안 한 가득 피어나는 새싹들.

연초록 물감 풀어 채색하는 봄볕 따라
살포시 귀를 열고 봄의 소리 들어보면
만물도 서로 깨우며 순간순간 자란다.
(시조문학, 2009, 봄호)

8. 환생(1)

샛노란
은행잎에
가을 편지 쓰고 있다

하나 둘
낙엽 되어
땅 속으로 묻혀가도

봄이면
시 한수 들고
꽃이 되고 잎이 되네.
(2006.11.14)

9. 환생(2)

애끓이
떠난 사람
두고 간 사연 많아

천상의
새가 되어
묘지를 에두르다

때로는
바람이 되어
귓가에서 속삭이네.
(2006.11.15)

10. 낙하

나뭇잎
바람타고
열두 번을 뒤척이네.

처연히
하늘 향해
두 손 뻗고 내려오다

머문 듯
하강곡선서
곡예 하는 춤사위.

11. 가을비(07)

가을비
낙엽실어
우두둑 떨어지네.

녹차를
앞에 두고
향기만 음미하다

시 한 수
바람에 실어
빗속으로 날린다.

12. 자벌레

자벌레
자를 재며 나뭇가지
올라간다.
쉬었다 또 오르고
또 쉬었다 올라가네.
목표점
향해 떠나는
인생길을 보듯 하다.
(2007.9.5)
(시조문학 2009,봄호)

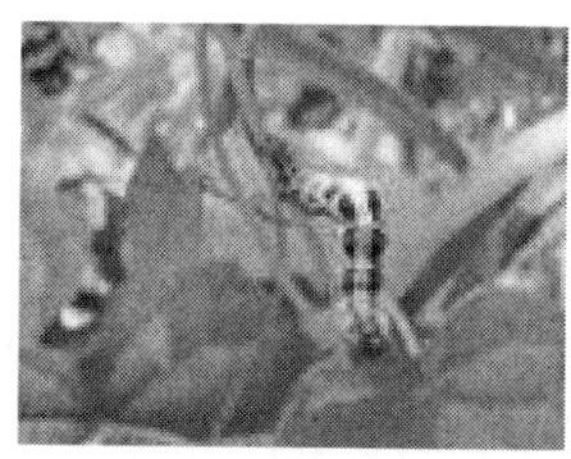

13. 허일(虛日)

어설픈
썰매타고
얼음 꽃에 목축이며

눈부신
햇살타고
설원에서 노닐다가

적요한
하루일상이
동심으로 흐른다.
(2007.2.7)

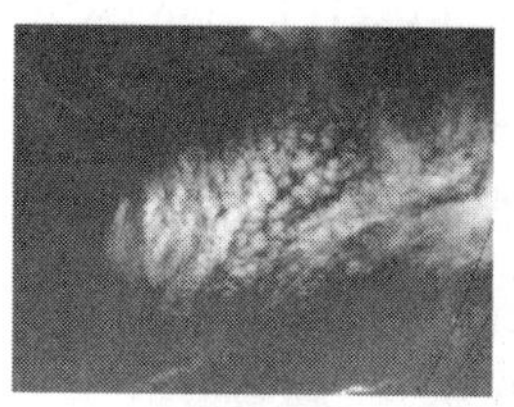

14. 어떤 軋轢

풍성한
가지들이 폭풍우에 찢기었네.
상처 난 그루터기
추억을 더듬으며
다시금
새김질하여
풍성하게 키우리라.

어쩌다
그랬을까 마음들만 멀어지고
인생사 항해인 걸
암초가 없겠는가.
오롯이
마음 다지며
거듭나길 바란다. (2007.9.3)
(시조문학(2008. 가을호)

15. 눈을 들어 산을 보라

살다가
힘겨울 땐
눈을 들어 산을 보라

높푸른
하늘 향해
우뚝 솟은 산봉들이

저마다
손을 맞잡고
생동하는 모습을.

16. 겨울바다

모두가 떠나버린
허허한 해변에서
새까만 밤하늘에
모닥불을 지펴본다.

별님들
조각배 타고
은하수를 건너오네.

17. 보통사람(1)

또 다른
새날인 듯 아침 해를 맞이하고
진종일 일터에서
수신(修身)하고 경영하다
저녁 해
기울어지면
제가(齊家)로의 길에 선다.

태양은
어김없이 제 속도로 가련마는
사람은 나이 따라
그 느낌이 다르다네.
세월이
무상타하여
가는 세월 탓하네.
(2007.2.5)

Ⅲ. 산을 보라

1. 바위

세월의
응어리를
한 몸에 짊어진 채

깨어진
몸 한쪽도
풍상을 다스리며

연초록
생물군락에
불씨가득 지피네.

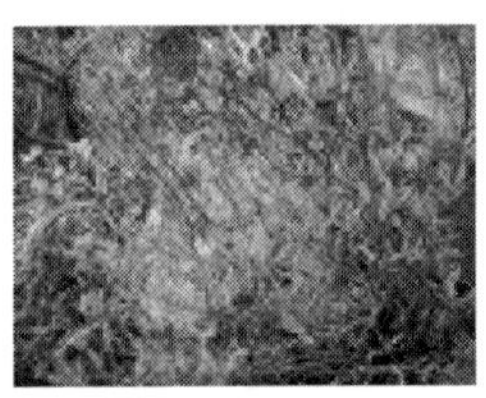

2. 가을 서정(07)

따스한
햇살 한 줌
어깨에서 춤을 추고

샛노란
은행 두 잎
손 안에서 시를 쓰네.

바람결
음악 한 소절
녹차 향에 띄운다.

3. 칠석 달

돌올한
산을 넘다
솔가지에 걸리었네.

은하수
건너가는
직녀 아씨 태우고서

견우성
서방정토 향해
노를 저어 가는가.

4. 시간 담기

희망봉 산아해가
액자 속에 들어 있다
드세든 겨울바람
가지위에 일그러져
주름진
나이테 따라
깊은 골을 달린다.

구름이 스쳐가듯
순간순간 풍경 밖서
능선을 따라가며
화면 속에 들어간다.
사람도
정물이 된 채
멋모르고 달린다.

5. 겨울산행(1)

겨울 산
하얀 길은
해탈에 이르는 길

산새는
어디에서
날개를 쉬고 있나

빙하의
하늘 절벽에
길을 여는 깨달음.

6. 송구영신

한 해도
일순간도
어제 것은 묵은해다

그 해가
그해인데
새날이면 새해란다

세월은
어긋남 없이
같은 길을 가는데.

7. 텅 빈 어느 날

오수(午睡)에
젖어드는 호젓한 어느 오후
괜스레 숫자 세며 살아온 날 더듬다가
잊혀진
영상들까지
넝쿨처럼 감기네.

투명한
선잠 속에 떠오르는 사연들에
목메는 그리움도 칼날처럼 삼키면서
낙서판
헹구어 내듯
하나하나 씻는다.

8. 산을 보라

마음이
흔들릴 땐 가끔씩 산을 보라
버티고 선 자리가 믿음직하지 않나
드높이 하늘 끝까지
눈을 들어 산을 보라.

인생길
더러더러 한겨울이 찾아와서
일기장 갈피갈피 찬비에 젖을 때도
침묵 속 소망의 강을
산을 보며 건너보라.

9. 어떤 아픔

- 떠나간 친구를 위하여 -

꽃들은
피고 지고 잎새 또한 떨어지네.
추억을 삽질하며 골을 따라 누벼 봐도
떠나간 그림자하나
속절없이 와 닿네.

밤이면
잠결 속에 찾아와 쉬어가고
꿈속을 파고들어 마음만 아파오네.
이생의 모든 흔적은
훌훌 털고 가게나.

10. 아! 대설원

- 알프스 정상에서 -

한 마디 외침으로 넋을 잃고 바라본다.
뽀드득 발자국을 하나하나 새기면서
알프스 산줄기 따라 영상으로 담는다.

산 아랜 초록인데 산위엔 백설이다
햇살과 부딪히는 신비로운 선경(仙境)에서
세속의 마음을 씻고 지순의 멋 새긴다.

시야를 가로질러 파고(波高)이룬 대설원은
하늘에 맞닿으며 넘치도록 뻗어나가
산해봉 힘찬 기상이 온몸으로 스민다.
(2007.2.17)
-한국시조시인협회 연간집(2007) -

11. 추양(秋陽)

따가운 햇살 먹고
익어가는 오곡백과
향기로 넘실대며
실어오는 바람결에
가을 볕
순간순간도
행복이고 소망이네.

12. 상사화

총명도 넋을 잃고
잠들 때가 있을 거다
애타게 마음 불러
머무르고 싶을 때엔
밤하늘
별을 헤이며
은하수를 건넌다.

13. 회색 하늘

- 아우스비츠 수용소-

황사가
아닌데도
희뿌연 회색 하늘

죄악의
그림자는
철조망에 걸려있고

자욱한
원혼의 눈빛이
발길마다 앞서네.

(2008.2.14)

14. 겨울 산행(2)

황홀한
설경 속에
마음 하나 묻어 놓고

뒹구는
분신 따라
이리 저리 헤매다가

다가온
정상을 향해
정석대로 오른다.

(2007.1.30)

15. 조류독감

계절이 바뀔 때면 찾아오는 철새떼를
반가운 손님으로 맞아주던 인심인데
어쩌랴, 조류독감에 이도 이제 겁이 나네.

아무리 방부제를 살포하며 예방해도
바람은 제멋대로 강산 건너 들판 길로
어느새 언덕 너머로 날아가는 철새떼.

IV. 어머니의 뜰

1. 바닷가에서

거세게 밀려왔다 일순간 솟구치며
하얗게 부서지는 파도를 바라보면
스스로 깨지는 자의 평안함을 알게 된다.

어둡고 막막하게 느껴지는 삶이라도
서해를 아름답게 물들이는 노을 보면
인생도 여명과 일몰이 교차됨을 알게 된다.

외로운 인생길도 아름답게 보이는 건
점점이 떠다니는 작은 섬을 바라보면
어차피 홀로 가는 길 연습이라 생각된다.

2. 3월의 새싹들

닿으면
다칠세라
조심스레 몸 사리고

바람에
흔들릴까
두근대며 도사려도

상큼한
향기그대로
다가오는 새싹들.

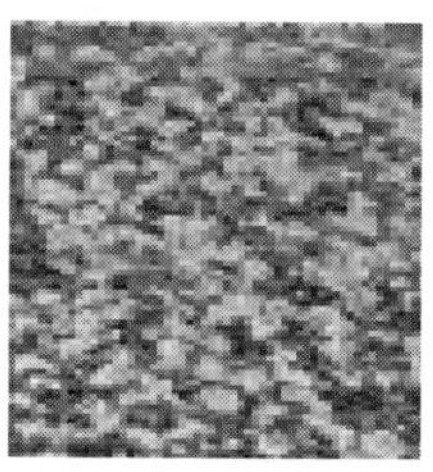

3. 춘설에

춘설을 휘날리며
내달린 꽃샘추위
겨우내 움츠렸다
겨우 눈 뜬 새싹들이
흰눈을
뒤집어 쓴 채
눈을 감아 버렸네.
(2007.3.10)

4. 상대적 빈곤

모두가
어려울 땐
도닥이며 위로하고

상대를
배려하며
오고가던 인심인데

풍요 속
초라한 일상엔
견딜 재간 없다네.

5. 소슬바람

청량한 물빛 그늘
시냇가의 버들처럼

황금빛 나래 펴고
내려앉는 햇살처럼

봄 향기
고운빛살에
달려오는 소슬 바람.

6. 환몽(幻夢)의 시간

하루를 내려놓고 노을처럼 누워있다.
스르르 잠결 속에 하늘나라 꿈을 꾼다.
꽃들이 활짝 피어나면서 서로 말을 건넨다.

고된 길 만났어도 나의 몸은 날 수 있고
악인이 따라와도 나는 높이 날 수 있어
모든 것 다 따돌리고 다다른 곳 하늘나라

동화 속 산성 같은 아름다운 동산에서
사람들 서로서로 천사라고 부르면서
나 또한 천사라 하며 그들 속에 맞아주네

깨어나 생각하니 꿈이라도 기분 좋아
매무새 가다듬고 마음결도 고르면서
언젠간 돌아갈 나라 꿈속에서 보았다.
(2009.3.6)

7. 봄나들이(07)

초록들 초록향이
고속도로 벗어나니
계곡의 바람타고
듬성듬성 다가와선
연초록
햇살에 벙근
꽃망울을 내민다.

합천호 물길 따라
뻗어나간 굽은 길엔
점점이 피어 있는
벚꽃들이 맞이하며
강바람
골바람 어울려
넘실넘실 춤춘다.
(2007.3.28)

8. 생명

큰길가 돌 틈 사이
고개 내민 민들레꽃

수많은 발끝에서
용하게도 살았구나.

생명은
신비로운 것
약하고도 강하네.

9. 동강 할미꽃*

동강의 푸른 여울 굽이굽이 바라보며
정선골 바람소리 산자락에 풀어놓고
가파른 암벽에 달려 외줄 타는 삶이여.

뭇사람 발길 피해 절벽 위에 앉았어도
더 많은 인파 불러 구구절절 퍼져가니
무위의 자연 이법이 사람들을 깨우네.
(2007.4.4)

* 할미꽃의 변종이며 동강에서만 자생하는 희귀종으로 1997년 생태사
진작가 김정명에 의해 발견되어 2000년에는 세계유일의 식물로 인정받아
학명으로도 등록되었다.

10. 나이테

아쉬운 말도 아껴
기억 속에 새겨 넣고
보이는 곳곳마다
눈길 따라 찾아가며
쉼 없는
시간을 좇아
달려가는 나이테

하나씩 열어가는
갈증 나는 푯대 찾아
때 따라 넘어야 할
세월의 고비마다
한줄기
흔적이 놓여
쉬어가는 나이테.
(시조문학, 2007)

11. 개울물 소리

졸졸졸
물소리에
버들아지 눈을 뜨네.

잠자던
시상 또한
물길 터 듯 터지나니

붓 들고
한 번 휘둘러
봄의 정취 날리네.

12. 블루문(Blue Moon)*

오월은 축복의 달 1일은 노동절에
보름달 높이 솟아 노동자를 쉬게 하고
5일은 어린이 세상 새싹들의 잔치라네.

8일은 어버이들 자식들의 효도 받고
15일은 스승의 날 군사부의 귀감 되니
인류이 한데 어울려 화합하는 달이라네.

보름이 둘인 달이 그 얼마나 귀한 건가
그 귀한 두 보름이 금년 오월 돌아오니
31일은 축복의 보름달 블루문을 보겠네.
(2007.5.1)

* Blue Moon은 양력으로 한달 안에 음력 보름이 두 번 포함되어 두 번
째 보름달이 뜨면 그 두 번째 보름달을 Blue Moon이라 한다.

13. 어머니의 뜻(3)

어머닌, 시리도록 높푸른 하늘이네
어머닌, 저리도록 짙푸른 바다이네
그 사랑, 가히 없어라 카네이션 드립니다.

뻐꾸기 둥지 떠나 이산 저산 넘나들며
5월을 노래하던 그 시절을 그릴 때면
빠알간 카네이션이 가슴마다 핍니다.

고향의 숲에 가면 어머니를 볼 수 있고
고향의 하늘 보면 어머니를 알 수 있어
오월의 노래 부르며 어머니께 갑니다.
(2007.5.8)

14. 봄비

저리도
부드럽게
조심스레 세필 세워

촉촉이
스며들어
여백을 채우면서

대지에
풍경 그리는
조물주의 초록비..
(시조춘추 3호)

15. 망중한(忙 中 閑)

수많은
상념들이
뇌리를 스치더니

묵음의
만상 중에
꿈같은 이름 있어

홀연히
바람 일듯이
밀려오는 그리움.

Ⅴ. 가을 바람

1. 티끌인 걸

2, 2008 촛불시위

3. 조용한 이별

4. 마음이 허전할 땐

5. 새롭게 태어난 청계천

6. 순간 포착

7. 石林

8. 청산이 울부짖다

9. 아름다운 아침

10. 찜통더위

11. 매미의 삶

12. 북경 나들이

13. 태풍 나비

14. 부모

15. 가을바람

1. 티끌인 걸

- 버나드 쇼의 묘비명*에 부쳐 -

억만금 준다하여 가는 세월 막을 건가
천지간 만물 중에 영원한 게 무엇일까
인생사 알 수 없기는 바람속의 티끌인 걸.
(2007.5.19)

[* 유명한 독설가며 극작가인 버나드 쇼 (George Bernard Shaw 1856~
1950)가 숨을 거두기 전 스스로 남긴 묘비명의 내용.]
["우물쭈물하다 내 이럴 줄 알았다." (I knew if I stayed around long
enough, something like this would happen)을 보고 시조 한 수 적다.]

2. 2008년 촛불시위

70년대 유신헌법 80년대 군사독재
힘겨운 투쟁 끝에 쟁취한 자유인데
책임과 의무에 앞서 방종으로 흐르나.

말없는 국민들은 걱정만 하고 있고
소수가 행동해도 여론을 끌고 가니
촛불의 위력 앞에서 물러나는 각료들

자유의 깃발아래 공권력은 무력하고
인터넷 왕국에서 여론은 난무하고
법 위에 극렬 시위대 법치국가 흔드네.

바라던 민간정부 소원대로 찾았건만
그들도 못한다며 경제통을 뽑아 놓고
이렇게 발목 잡으면 무슨 일을 할 수 있나

광우병 걱정되면 안 먹으면 그만이다

배부른 고기타령 쇠파이프 웬 말인가

전경이 무슨 죄인가 역지사지 해보라.

(2008.6.8)

** 미국산 쇠고기 수입 반대 촛불집회가

　　　　　　　한달이 넘도록 꺼질 줄 모르고 있다.

(한국시조시인협회 2008년 연간집)

3. 조용한 이별

- 옛 친구의 부음을 듣고 -

그렇게 잠시나마
서로 함께 나눈 정리(情理)
인생길 한 자락서 추억으로 남았는데
'갔다'는
그 한마디가
그만 목에 걸렸네.

살면서 문득문득
추억 속에 있었지만
맘속에 자리하나 차지하진 못했는데
어이해
가슴 한끝서
꽃망울로 떨구나.

4. 마음이 허전할 땐

마음이 슬퍼올 땐 푸른 산을 바라보고
마음이 외로울 땐 먼 바다를 생각하라
높푸른 산과 바다로 마음속을 채워보라.

괜스레 허전하고 마음 둘 곳 없을 때엔
푸르른 하늘 보며 마음속에 담아보라
갖가지 그림을 그려 빈 하늘을 채워보라

때로는 허상 속에 실상을 느끼나니
변하는 세월 속에 보이는 건 다 변해도
진리는 오직 하나로 처음 마음 그대로네.

5. 새롭게 태어난 청계천

1)

역사는 시대 따라 흘러가고 태어나고
서울의 젖줄인양 심장부를 관통하여
막혔던 숨통을 터서 하늘조차 푸르네.

2)

북악과 인왕자락 어린친구 불러 모아
철따라 놀이하며 푸른 날을 새기다가
세월의 흐름을 좇아 기억에서 멈췄지.

3)

역사의 뒤안길서 허덕이고 잊혔다가
옛 대로 돌이키자 솔선한 지혜자에
그 모습 더 아름답게 태어나서 반기네.

4)

잃었던 보물 찾아 받아 쥔 마음으로
모두가 웃음 짓네. 순수한 마음 찾아
흐르는 맑은 물소리 노래하는 수초여.

5)

그림을 그려내듯 디카에 담으면서
푸른 물 수초위에 물방개도 새겨 넣고
힘차게 입질을 하는 물고기도 올리네.

6)

젊음이 익어가는 만남의 장이 되고
추억을 엮어가는 사랑의 장이 되어
흐르는 시간 속에서 꿈을 꾸는 청계천.

7)

푸르고 맑고 곱게 영원히 흘러 흘러
국민의 마음속에 겨레의 가슴속에
풍성한 꿈을 나누며 길이길이 흐르리.
(2007.7.6)

6. 순간 포착

장맛비
쉬엄쉬엄
쉬었다가 또 내리고

비구름
몰고 몰아
골짜기서 능선까지

온전히
덮은 후에야
소낙비로 내리네.
(2007.8.6)

* 장맛비가 내리던 어느 날 남
산을 바라보다가 …

7. 石林

- 운남성 대석림에서 -

끝없이
펼쳐있는
대석림의 바위숲과

그 사이
듬성듬성
우뚝 솟은 송림들이

시공을
넘나들면서
풍경화를 그렸네.

8. 청산이 울부짖다

- 폭우가 내리는 날 -

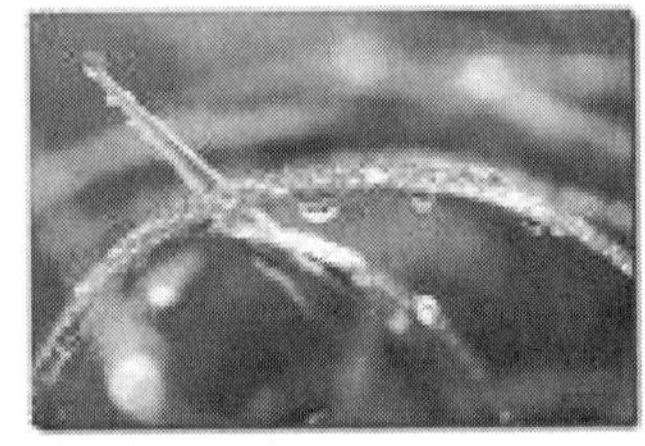

연이은
장맛비에
해님조차 오락가락

운무가
청산 허리
휘두르며 죄어오니

청산은
폭우에 떨며
구름타고 울부짖네.

9. 아름다운 아침

아롱진
옥구슬은
풀잎 끝서 놀고 있고

오색의
무지개는
줄기 끝서 그네 타네.

해님도
햇살을 불러
구름 속에 숨겼네.

10. 찜통더위

해님이 높이 솟아
방 깊숙이 자리하네.
서서히 돌아서며
물러설 즈음에도
마음은
천근 무게로
가라앉는 여름날.
(2007.8.21)

11. 매미의 삶

이 세상
7일간을
멋있게 살기 위해

7년을
땅속에서
전 생애를 보내어도

원 없이
하고픈 노래
토해내고 간다네.

12. 북경 나들이

1)자금성

중국땅 만큼이나
웅장하고 거대한 궁
황제가 기거하는
자금성 뜰 안에는
한 그루
나무도 없어
삭막하기 그지없네.
(* 자객이 숨을까봐 나무를 심
지 않는다.)

2)만리장성

거대한 사업 뒤엔
피눈물의 희생 있네.
축조밑 푸른 넋은
발밑에서 신음해도
거대한
위풍에 눌려
너도 나도 감탄뿐.
(* 공사 중 죽은 자는 축조 밑에
그대로 묻었다)

3)황경협

오르고 또 오르며 정상을 올랐는데
산위에 호수라니 별천지가 여기인 듯
사방은 높푸른 산이 병풍으로 에둘렀네.

청정한 호수에선 관광선이 오고가고
하늘 끝 협곡타고 애드벌룬 곡예하고
신선이 따로 있겠나 이만하면 신선놀음.

4)북한관

예쁘고 아름다운 제복차림 아가씨들
노래며 악기까지 능란하게 잘 다루어
입맛을 돋우어 주며 눈과 귀도 즐기네.

고위층 관리 딸로 뽑혀서 왔다는데
감시와 감독 하에 자기 뜻을 못 펼치고
외출도 삼가야하는 꼭두각시 인생이네.

연금된 신세인 건 자본주의 물이들까
2년을 기한하고 북경으로 왔다하니
웃음도 색깔을 잃어 표정 없는 인형인 걸.

13. 태풍 나비

해마다 날아오는 태풍의 소리기에
그렇게 지나겠지 애태워 온 바람인데
가냘픈 나비의 위력에
쓰러지는 한숨소리.

처연한 가을바람 태풍을 몰고 와서
설익은 알곡들을 무참히 짓밟으니
농부는 어떡하라고
하늘보고 눈을 감네.
(2007.9.20)

14. 부모

제 몸의
내장으로
집을 짓는 거미처럼

하나 둘
가정 이뤄
둥지를 떠난 후도

아쉽고
그리운 것은
천륜인 걸 어떻게.

15. 가을바람

한 줄기 소나기에
마음하나 내려놓고
유난히 무더웠던
지난여름 생각하니
계절도
자연이법에
순응함을 깨닫네.

초록이 흘리고 간
마지막 물감까지
잎마다 비질하며
이산저산 다니다가
햇살에
머물러 앉아
오색으로 수놓네.
(2007.10.3)

VI. 강가에서

1. 강가에서 (07)

세월이 흘러가듯 강물이 흘러간다.
하늘도 담아가고 구름도 담아가고
내 모습 비춰진 대로 소리 없이 담는다.

한줄기 햇살 담고 바람도 담아간다.
하루해 산그늘도 노을빛도 담아가고
세상사 무거운 짐도 함께 담아 보낸다.
(2007.10.3)

2. 일상

아침을 열어가는 고운 햇살 가득 담아
버겁게 밀려오는 고단함도 밀어내고
새롭게 새날 맞으려 동녘 창을 엽니다.

오늘을 사랑하고 내일을 바라보며
매순간 자신에게 함께하는 믿음으로
일상을 오늘에 맞춰 내일 일을 봅니다.

자신이 소중하듯 만남 또한 소중하고
배려는 베풂에서 돌아오기 마련이니
아쉬운 인연의 끈도 쉬어가며 봅니다.
(2007.10.16)

3. 가을 아침

영화의 한 장면이 불현듯 떠올라서
창가에 자리하고 서늘한 바람 불러
향기론 커피 두 잔에 추억담을 나눈다.

가을 숲 하늘가로 나뭇잎은 물이 들고
아련한 추억담이 걸음걸음 다가올 땐
잊었던 이름도 새겨 시조 한 수 띄운다.
(2007.10.17)

4. 탁목조

시어를
캐어내는
탁목조를 꿈꾸면서

신선한
시어 찾아
미지행도 떠나는데

지난날
쏟아낸 시어가
앞서가며 따른다.
(2007.10.18)

5. 가을

오색의
고운단풍
눈길 따라 가득 담아

회색빛
거리마다
휘젓고 다니면서

길마다
풀어놓으면
오색꽃도 피겠다.
(2007.10.18)

6. 망각

바람결
운무같이
사라져간 기억들을

어디로
가야 찾나
어느 곳을 훑어볼까

아무리
더듬어 보와도
알 수 없는 기억들.
(2007.10.19)

7. 심판

다듬고
다듬어서
걸러낸 정수만을

한울씩
퍼 올려서
정성스레 자아내도

평자(評者)는
날선 칼 세워
입맛 따라 재단한다.

8. 낚시

괜찮은
시재하나
심은 데서 건지고자

아무리
들춰 봐도
승패가 불안하여

언어의
깍지를 풀고
자연에서 낚는다.

9. 갈등

적막한 밤하늘의
소리 없는 별들처럼
두 눈만 끔벅이며
울림을 확인하다

내게서
빠져나가는
묵음(黙吟)하나 듣는다.

10. 일상(2)

하 많은
소재 중에
어느 것이 폭발하여
내 꿈을 펼칠 건가
생각하며 기다려도

홀연히
날아오는 건
돌아가는 세상 얘기.

11. 하얀 밤

때로는
살아가며
잊고 싶은 사연 있고

남몰래
가슴속에
묻고 싶은 사연 있어

한 밤을
새날 맞도록
가슴속을 적신다.

12. 활화산

가슴에
묻은 사연
세월이 흘러가도
때로는 또렷하게
두 눈을 부릅뜨고
활화산
솟아오르듯
푸른 하늘 가리네.

13. 믿음

거미가
실을 뽑아
제집을 지어가듯

영육이
고단하여
절여있는 사람에게

어둠을
흔들어 깨우는
촛불이게 하소서

(2007.10)

14. 는개 바람

나무는
네 팔 벌려
꿈을 꾸듯 춤을 추고

풀잎은
눈을 감고
어지러이 입 맞춰도

는개는
바람을 몰아
밝은 하늘 가리네.
(2007.10)

15. 유행

하늘도
길을 열고
반란을 부추기고

땅들도
귀를 열고
수시로 달리면서

새로운
도전을 향해
시도하는 신선함.

Ⅶ. 시인의 마음

1. 낙엽속의 장미

자연도 제자리를 잃어가는 세상인가
낙엽이 멈추어선 가지 위의 장미 송이
오월의 태양 바라며 새빨갛게 익었네.

혼탁한 세월 속에 제 갈 길도 잃었는가
계절의 여울타고 스치는 바람타고
환하게 길을 밝히며 횃불 되어 피었네.

귓가를 스쳐가는 바람처럼 노래처럼
하늘을 휘나르며 한 잎 두 잎 피어나서
봄 인양 꿈을 펼치는 낙엽속의 장미꽃.
(2007.10.30)

** 아파트 울타리에 장미꽃이 송이송이 피어있다. 계절을 잊어버린 듯
5월의 장미보다 더욱 곱고 아름답다. 한참을 바라보다 낙엽속의 장미를
시화했다.**

2. 풍경(1)

갈대가
바람타고
물위를 저어간다

산그늘
하늘지고
물속으로 곧추선다.

강물은
그악스럽게
하늘까지 삼킨다.
(2007.10.2)

3. 복병
-어느 대통령 후보를 보며

골마다 복병으로
숨어있던 메아리가
뇌우에 부릅뜬 눈
일진광풍 일으키며
분출한
재도전의 꿈은
침묵군단 폭발인가.
(2007.11.6)

4. 시골길

먼지가
폴폴 나는
시골길을 걸어보라.

길가의
풀 한포기
돌멩이 하나에도

우주의
온갖 영들이
울림으로 소곤댄다.
(2007.11.7)

5. 시의 길(1)

비바람 모질게도
지나간 국도에서

속살을 드러내며
누워버린 목근에서

감추고
당긴 형세가
시의 길을 보듯 하다.
(2007.11.8)

6. 시의 길(2)

누구를 위한 것도
돌아보면 아니라고
외치고 외쳐 봐도
그림자로 옆에 놓여
시혼을
채찍질하다
하루해가 기운다.
(2007.11.8)

7. 누군가에게

첫눈에 반하기는
1분밖에 안 걸리고
호감을 갖는 데는
1시간이 걸리는데
사랑을
잊기까지는
한평생이 걸린다.

8. 역지사지

- 여·야의 시각차

입장을

바꾸어서

상대편을 생각하면

서로가

많은 부분

동조하고 나갈 텐데

각자가

자기입장만

고집하고 주장하네.

9. 언어의 화살

독자의

마음속에

두고두고 각인되어

저절로

터져 나올

붉은 피를 잉태코자

시인은

언어의 화살

온몸으로 맞는다.

(2007.10.23)

10. 시의 소재

하찮은
일상사도
새겨보며 끓여내고

사소한
일이라도
소중하게 일궈내면

세상사
시의 소재로
달빛가득 퍼진다.
(2007.10.23)

11. 시의 표정

별들이
소곤대는
밤하늘 풍경들도

시어로
노래하면
당겨오는 멋이 있어

가로등
불빛 아래서
시의 표정 살핀다.
(2007.10.25)

12. 현대시조

나직한
목소리로
하나하나 밝히어도

가슴속
파고드는
우렁찬 열정으로

정격의
현대시조론
긴 여정을 떠난다.
(2007.10.25)

13. 고군분투

고유의
전통시라
자랑하는 현대시조

스스로
고고하게
환호하며 피고 있네.

골마다
메아리치며
독자들을 부르며.
(2007.10.28)

14. 숨바꼭질

자연의
집을 짓고
우주의 울림으로

적막한
어딘가에
숨어있을 시어 찾아

시혼은
존재의 집을
자간 따라 뒤지네.

15. 비구니(09)

속세에 젖은 가슴
산사에 내려놓고
다소곳 머리 숙여
부처님께 합장하면
어둠 속
불을 밝히며
막힌 길도 트이네.

금강경 한 줄 읽고
마음을 비춰보면
부처님 정좌하여
마음 한 칸 낮아지고
그 마음
서방정토로
꽃길 따라 달리네.

VIII 시조 이야기

1. 횃불

민족의
얼이 담긴
전통시를 밝히면서

파도에
밀려오는
바다의 울림으로

날마다
시조 한 수에
긴 횃불을 올린다.
(2007.10)

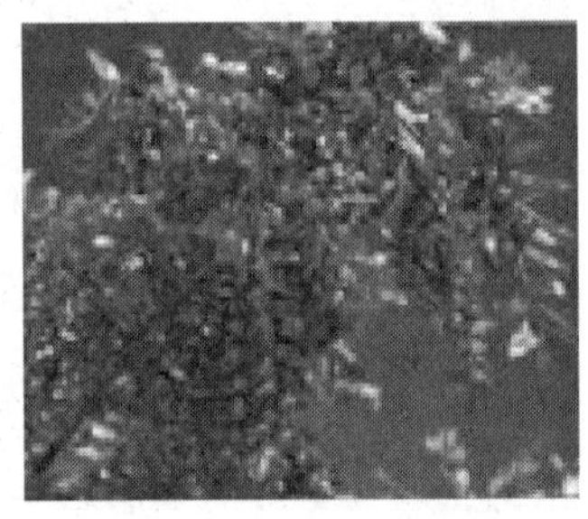

2. 경류

빨갛게
익은 대추
아이들을 유혹하네.

꼬마들
너도나도
헛손질로 애타는데

지나던
할아버지께선
지팡이로 따서 주네.

3. 부부송

1)

夫婦란 일심동체 모든 일을 공유하며
부족함 채워가며 서로에게 힘을 주는
이 세상 가장 소중한 아름다운 이름이지.

2)

夫婦는 가까이서 평행으로 가야하네
조금만 어긋나도 부딪히고 벗어나니
언제나 부부의 도를 서로 함께 지켜야지.

3)

夫婦는 반쪽에서 반쪽으로 만났기에
몸과 맘 그 모두가 온전한 하나일 때
저절로 "家和萬事成" 순탄하게 이뤄지지.

4)

夫婦는 더러더러 아옹다옹 싸우면서
때로는 어긋나고 싫을 때가 있게 마련
그럴 땐 좋은 추억만 되새기며 참아야지.

5)

夫婦는 두 사람이 한쪽 발만 각각 묶고
달리기 하는 것과 똑같은 형상이라
서로를 배려하면서 맞추어서 가야하지.

6)

夫婦는 나이 들며 서로가 닮아가고
더욱더 아껴주며 서로에게 의지하지
그리고 별세의 날도 생각하게 된다네.

7)

夫婦는 혼자 떠날 그 날을 생각하면
반쪽이 안쓰럽고 가는 길도 낯설어서
같은 날 동행 못함이 아쉽기도 하다네.

8)

夫婦는 발자국을 남기면서 함께 가네.
머물다 가는 세상 흔적을 남기면서
자식은 가장 큰 보물 남겨두고 떠나네.

4. 만추에 핀 장미

무엇이 아쉬워서 만추에 또 피었나.
낙엽 진 가지위에 동그마니 혼자 앉아
가을빛 끌어안고서 오월하늘 그리나.

한 송이 세월 잊고 만추에 불 밝혔네.
떨어진 낙엽에서 가을햇살 한줌 주어
빈가지 꿈을 심으며 오월 하늘 꿈꾸나.
(2007. 11)

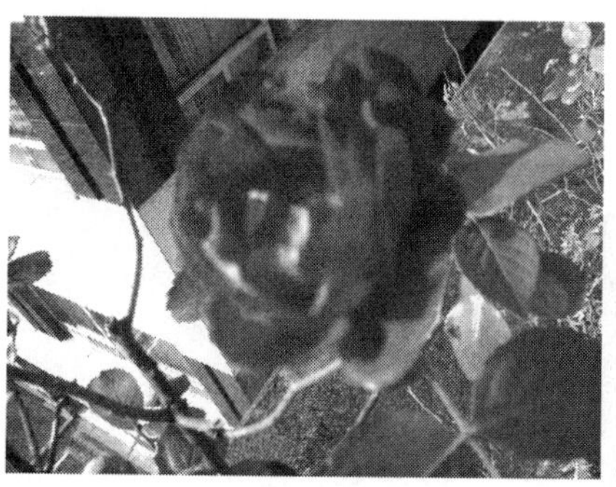

5. 가을밤

은은히
읊조리는
귀뚜라미 노래시에

무심히
열어 제친
들창문을 비집고서

홀연히
들어와 앉는
달빛그늘 바람소리.

6. 가을비

지난 밤
찬비소리
나뭇가지 휘둘더니

고까옷
단풍나무
밤사이 옷을 벗어

허허론
포도위에다
융단 이불 깔았네.

7. 더불어 사는 삶

산그늘
드리워진
외딴집 마당에는

그늘진
무게만큼
산새들의 놀이터네

아무리
휘젓고 가도
주인장은 말없네.

8. 낙엽소리

우수수
떨어지는
요란스런 낙엽들에

빗줄기
쏟아지는
소리로만 여겼는데

창밖을
내려다보니
바람결의 낙엽이네.

9. 꿈길

밤마다 신명나게 찾아가는 길이 있다.
어릴 적 꿈을 키운 고향하늘 마을길을
꿈길은
바람이 되어
온 들녘을 달려간다.

휘영청 훤한 달빛 그림자를 드리웠고
방안엔 도란도란 애기소리 들려오고
앗불싸!
창에 부딪혀
넘어지며 깨어났다.
(2007.12.16)

10. 시조 이야기 (1)

-시조와 한시 -

한시를 읽다보면 시조가 연상된다.
한시를 옮겨보면 시조의 형식이다
옛사람 절구(絶句)시에서 시조창작 했겠다.

시조의 기원설에 외래설과 재래설이
팽팽히 맞서다가 재래설이 우월했다.
나 또한 재래설이라 시조론에 밝혔지.

한시에 심취되어 한시론을 읽어보니
한시의 시론서가 시조론에 적합한 듯
서구의 시론서와는 격이 사뭇 다르네.

11. 시조이야기 (2)

- 시조기원설 -

시조의 기원설에 여러이설 분분하네
외래설[1], 재래설[2]이 그 모두가 그럴듯해
그 중에 향가 기원설 다수학자[3] 점을 찍네

나두야 재래설에 일단 먼저 점을 찍고

---

1) 안자산은 「시조의 연원(동아일보,1930.9.24)」에서 한시 絶句의 調字, 「시조의 體格·風格(동아일보, 1931.4.2)」에서 佛歌의 調字를 본받아 성형된 시형태로 보았고, 정래동은 「중국민간문학개설 독후감(동아일보, 1931.12.27)」에서 또한 調字가 佛歌에서 나온 것이라고 하였고 시조는 한시를 번역하는 과정에서 발견된 시형태로 보았으며, 김지용은 「시조종장의 위치(淸大春秋, 6집, 1961.1)」에서 한시를 읊조리는 과정이나 해석하는 동안에 형성되었으며, 시조 종장과 같은 반복구는 한시를 음미함으로써 생겨났다고 보았다.
2) 재래기원설에는 神歌기원설, 민요 기원설, 향가기원설, 속요기원설, 음악 기원설, 역학 기원설 등이 있다.
3) 향가 기원설은 천대산인, 조윤제, 진동혁 김사엽 이태극 등 제학자들이 주장한 것으로 천대산인은 「별곡의 연구(동아일보,1932.1.15.)」에서 향가의 구법이 시조의 형식과 비슷한 점을 들어 향가가 시조의 전신이라고 하였고, 조윤제는 「韓國詩歌史綱」에서 시조의 연원을 6구체의 향가에 두었으며, 김준영은 「국문학개론」에서 10구체 향가에서 발생되었다고 보았다. 또한 진동혁은 「한국문학개론」에서 형태적인 면에서 향가의 감탄구와 시조 종장 起句가 유사하다는 점, 속요 사모곡과 정읍사의 여음구만 제하면 시조 형식이 된다는 점을 들어 시조의 기원은 향가까지 역급할 수 있다고 하였다. 김사엽은 「조선시대의 가요연구」에서 향가 행의 句數가 반으로 단축됨에 따라 현금의 단가(시조) 형식이 구성된 것이라고 보았으며 리태극도 「시조개론」에서 시조의 기원을 향가에 두었다. 외에 이탁, 서원섭 등의 견해가 있다. 이렇듯 향가에다 시조의 기원을 두는 학자들이 압도적인 것을 볼 수 있다.

다수를 따라가며 향가설에 멈췄는데
이론을 넓혀가면서 그 모두를 아우렀네.

어느 것 하나에만 영향을 받았으랴
한시를 번역하면 이것이 시조 같고
역학의 원리4)를 캐면 그것과도 맞닿네.

이렇듯 어느 하나 영향으로 이뤘을까
어느 것 수용하든 정격5)으로 읊어보면
한국어 언어구조와 정서에도 맞는 걸.

---

4) 원용문은 「시조문학원론」에서 시조의 기원은 역학에 그 기원을 두고 있다고 하였다. 곧 '시조의 3장은 주역의 천·지·인 3재의 원리를 본 딴 것이고 六句는 六爻의 원리를 본 따서 만들었다'고 하였다. 그리고 각장의 4등분 되는 것은 춘하추등 四象을 의미한다고 보았고, 시조 한 편이 12절로 된 것은 1년 12개월을 상징한다고 보았다. 그래서 역의 원리에서는 "태극→천지인→삼재→六爻→四象(사계절)→十二月"의 순서를 밟았는데, 시조 형식에서는 "無極→初中終 三章→六句→四等分(各章)→十二節"로 되어, 역의 원리와 시조 형식은 완전히 부합된다고 보았다. 특히 시조의 음수율이 정형시이면서 자유자재롭게 변화하는 것은 주역에서의 六爻가 陰陽의 위치를 바꾸면서 천변만화를 일으키는 것과 같은 원리라고 하였다.
5) 조윤제설로 3장 6구 12음보 45자 내외(43-47)를 정격으로 한다.[(3/4/4(3)/4//3/4/4(3)/4//3/5/4/3(4)]

12. 시조 이야기 (3)

- 시조의 형식 -

시조의 형식 또한 다양한 유형이네
평시조 엇시조에 사설시조 있지만은
기본은 평시조이고 그 정격이 으뜸이네

정격6)은 3장 6구 12음보 45자 내외
한두 자 가감으로 여유를 부려내니
그것이 우리 고유의 정형시의 모습이다.

---

6) 주석 5) 참조.

13. 시조 이야기 (4)

- 작금 시조형의 논란에 접하고-

오롯이 한마음은 너 다운 잉태위해
떨리는 가슴으로 양 손에 땀을 쥐고
한 글자 놓을 때마다 숨죽이며 진통한다.

너 하나 눈을 뜰 땐 동녘하늘 달이 뜨고
그 기쁨 떨림으로 마음이 적서올 땐
은하수 흐르는 강가 새벽별이 돋는다.

이렇게 아름답고 자랑스런 시형(詩形)인데
보듬고 다듬어서 이어온 정격인데
어이해 어설픈 붓끝에 홍역 앓는 변태인가.

14. 시조 이야기 (5)

- 시조의 파격 -

형식을 파괴하곤 시조의 현대화래
종장을 종결 않곤 현대시조 다양화래
이니오, 정격을 지켜 세계화로 뻗어가요.

덧없는 격론 속에 소리 없는 외침으로
허공에 외쳐 봐도 메아리로 돌아올 뿐
그래도 부르짖으며 나의 뜻을 펼친다.

15. 시조 이야기 (6)

도남의
시조형식
정격에의 미학인데

가람이
여유롭게
변격으로 다작해서

후진들
두 갈래에서
흔들리는 시조형식.♣♣♣

이정자의 제7시조집

부엉이 바위

이 정 자 지음

새미

부록1.

1. 현대시조의 당면과제에 대한 제언
2. 시조의 세계화를 꿈꾼다
3. 시조의 정격과 파격

부록2 (기존시조집)평자의 글

1. 학문 연구와 시조 창작의 길 개척/이태극
2. 內密한 되새김과 성찰/전규태
3. 생명의 이치를 담아 놓은 수줍은 언어/ 김 준

Ⅰ. 부엉이 바위

1. 부엉이 바위(1)

- 노무현 전 대통령 서거에 접하고 -

왜 하필 그 길인가 감수하고 극복(克復)하지
그렇게 자신 있던 오기는 어디가고
애꿎은 부엉이 바위서 다이빙을 하는가.

불의한 거래들은 솔직하게 털어내고
법학도 정신으로 법의 심판 받았다면
그 누가 돌을 던지랴 권좌란 게 그런 걸.
(2009.5.23) (시조문학 2009,가을호)

2. 부엉이 바위(2)

부엉인 날아가고 사람들만 모여드네.

욕심이 잉태한즉 죄를 낳고
죄가 장성한즉 사망을 낳느니라(야고보서1:15)

성경은 만고의 진리 마음 밭에 심어두자.
(시조문학 2009,가을호)

3. 부엉이 바위(3)

국민의 알 권리가
어쩌다 잘못되었나.

검찰의 성역 없는 수사가
무엇이 문제되었나.

냉철한
이성을 갖고
시시비비 가려보자.

4. 부엉이 바위(4)

국민의 추모열기 죽은 자는 회한이라.

'뇌물은 밝은 자의 눈을 어둡게 하고
의로운 자의 말을 굽게 한다'하였으니*(출애굽기 23:8)

정치인 정경유착의 끈 끊는다고 했는데.

(한국시조시인협회 2009년 연간집)

5. 부엉이 바위(5)

죽음은
자책이고
용서이고 화해라네

누구도
원망 말고
짐을 지고 간다했지

남은 자
그 뜻 받들어
조용조용 기리자.
(2009.6.3)
(시조협회 2009년 연간집)

6. 부엉이 바위(6)

새하얀
달빛그늘
회한의 밤은 깊어

그림자
지워가며
달그림자 숨어들 때

부엉인
회오의 눈물에
날개조차 접었네.

7. 부엉이 바위(7)

어려운
환경에도
좌절하지 아니하고

민의의
편에 서서
떳떳하게 살아왔던

재야의
부엉이 모습이
희망이고 용기였네.
(2009.6)

8. 부엉이 바위(8)

부엉인
날아가도
마음은 두고 갔네.

그리운
마음들을
보듬어 안으면서

못 다한
인연의 끈을
이어가며 당기네.

9. 부엉이 바위(9)

- 고 노무현 대통령 49제에 부쳐

1)

어둠 속 길을 터준 봉화산 부엉이가
불의한 인연으로 형아 동생 하더니만
외마디 비명도 없이 폭풍우에 찢겼네.

2)

찢겨진 날개옷을 수선할 틈도 없이
필봉의 날에 찔려 밤새껏 쫓기다가
불면의 현기증으로 절벽에서 떨어졌네.

3)

떨어진 부엉이는 새날개로 승화했네.
외롭게 버틸 때에 돌아섰던 마음들이
회오의 눈물 쏟으며 너도나도 몰리네.

4)

몰리는 마음들과 회한도 씻어내고
회오의 용광로에 불의도 다 태워서
정의가 올곧게 서는 희망 푯대 세우네.

5)

세워진 푯대 따라 수많은 부엉이가
접었던 날개 펴고 드높이 비상하니
동녘의 하늘가에서 별이 되어 뜨네요.
(2009.7.12)

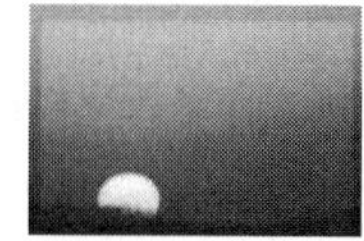

10. 봄비

저리도 부드럽게
조심스레 세필 세워
촉촉이 스며들어
여백을 채우면서
연초록
물감 올리는
조물주의 초록비.
(시조춘수, 3호)

11. 봄이다

아무리 겨울눈이
3월에 온다 해도
계절은 역행않네
눈 그치자 봄볕인 걸
기후도
우리네 삶처럼
예측하기 어렵네.(2005.3.9)

12. 흑백사진(09)

정겹게 모여 앉아
도시락을 먹는 모습
조개탄 난롯가의
정겨운 얼굴들이

추억의
쪽문을 열고
슬그머니 앉는다.

13. 사랑 나누기(08)

은은히
내려앉은
달빛하늘 저녁바다

갈매기
짝을 찾아
임 부르며 휘~얼 휘~얼

저 멀리
파도를 타고
숨바꼭질 하며 오네.
(2008.8.18)

14. 쏟아지는 장맛비

비닐 집 문밖으로 소낙비 쏟아지고
뚝!뚝!뚝! 떨어지는 빗줄기 울음 따라
촌부의 간절한 소원이 하늘에다 목을 맨다.

고막이 울려오는 천둥소리 굉음에도
한여름 살을 에는 바람소리 추임새도
촌부는 삼경이 지나도록 하얀 밤을 새운다.

하늘에 의지해온 소박한 소망들을
타버린 가슴 열어 잿빛으로 토해내며
촌부는 마음을 다스리며 하늘에다 고한다.
(2009.7.21)(월간문학 2009.9)

15. 탄생

지그시
눈을 뜨고
우주를 감상한다.

신비한
우주 공간
파란하늘 별들 사이

별 하나
나를 바라며
점하나로 찍혀 있네.
(2008.10.30)

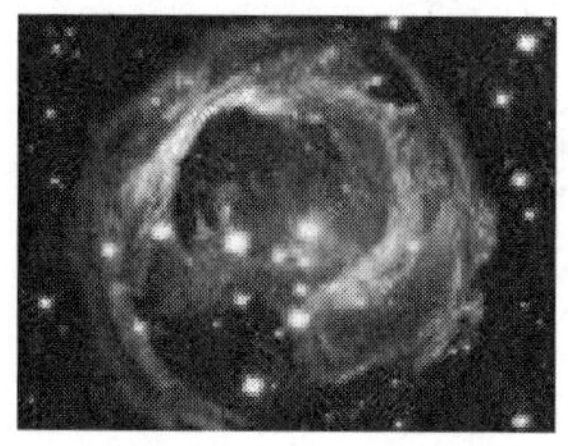

Ⅱ. 옛 서정

1. 옥색 모시 치마

2. 장지문 밖

3. 처마물소리

4. 기다림

5. 박꽃

6. 놋쇠화로

7. 동양화 읽기(09)

8. 순교자의 미소

9. 가을엔

10. 아! 가을이네

11. 마지막 잎새

12. 제라늄

13. 겨울나무

14. 한옥의 운치

15. 깃봉을 높이 들고서

1. 옥색 모시 치마

어릴 적 눈에 익은
어머니의 옥색치마
한복집 마네킹에
곱게도 입혀있네.
올여름
내가 입고서
옛 정취를 뽐내 볼까.

2. 장지문 밖

한겨울 장지문 밖
바람소리 요란했지
호롱불 밝히고서
어머닌 옷을 짓고
아이는
구구단 외며
바람소리 들었지.

3. 처마물소리

처마 끝
물소리가
타임머신 타고 온다.

뚝!뚝!뚝!
떨어지는
고저강약 조화 속에

음률은
장엄하고도
애잔함이 깃든다.

4. 가마렴

세월이
지나서야
아련하게 그리운 건

저녁상
고이 차려
윗목에 놓아두고

아기는
아랫목에서
새근새근 잘도 잤지.

5. 박꽃

이슬을
잔득 먹고
피어난 하얀 박꽃

햇살이
부서지며
눈부시게 감아줄 때

하늘엔
고추잠자리
맴을 돌고 있었지.

6. 놋쇠 화로

겨울밤 화롯가에 옹기종기 둘러앉아
호롱불 밝혀놓고 옛이야기 꽃피울 때
군밤을 구워먹으며 뜨개질도 하였지

지금은 거실 한 편 오도카니 앉았어도
추억을 더듬으며 옛날을 회상하면
무언의 눈빛 속에서 영상들을 그리지.

시공을 훌쩍 넘어 다가오는 영상들에
밤이면 꿈속에서 고향집을 찾아가면
옛 모습 그대로의 집에서 어린 나를 반기지.

7. 동양화 읽기(09)

산수가
어우러져
흰 구름은 여백이라

산허리
구름감고
기러기는 산을 넘네

산사는
어디쯤인가
물을 깃는 비구니.

8. 순교자의 미소

아가의
영혼 같은
고운 미소 바라보며

그 분의
삶을 보고
마음까지 드러낸 듯
믿음은
실상을 대하듯
두 손 곱게 모은다.

9. 가을엔

가을엔
한 그루의
나무이고 싶어라

순환의
계절 속에
연연마다 새 옷 입고

바람에
흔들릴 줄 아는
나무이고 싶어라.
(2008.11.2)
(2009년 한국시조시인협회연간집)

10. 아! 가을이네

귓가를
스쳐가는
청량한 바람에도

또르르
떨어지는
나뭇잎 하나에도

새파란
하늘이 고와
시리도록 새긴다.
(2008.10.5)

11. 마지막 잎새

가지 끝
바람 한 점
파르르 떨고 있다.

따뜻한
사랑 한 줌
나누어 주고 싶어

새봄을
기약하면서
햇살에게 부탁한다.
(2008.11.18)

12. 제라늄

빠알간
열정으로
쉼 없이 피고 지고

쉼 없이
피워내도
한결같은 고운 모습

인생도
마지막까지
저리 피다 갔으면.
(2008.11.20)

13. 겨울나무

허허한 네 모습에
연민의 정 오갔을까
밤이면 달이 뜨고
별들이 내려와서

가지에
시 한 수 걸고
도란도란 얘기하네.
(2008.12.3)

14. 한옥의 운치

어릴 적 우리 집을
꿈속에서 가끔 본다.
격 있는 한옥 지어
운치 있게 살고 싶다.

확 트인
대청마루서
시조 한 수 읊으며.
(2008.12.21)

15. 깃봉을 높이 들고서

- [시조로 꾸미는 아름다운 한글서예전]에 부쳐

한글을 사랑하고 아끼는 마음으로
연적에 시조 한 수 붓을 날려 건져내어
한지에 고이 실으니 꽃이 피어 열매 맺네.

국향에 묵을 치듯 동양화의 여백으로
시향에 붓을 당겨 묵향에 취하여서
걸어온 수십 성상도 어제인 듯 하여라

서가에 한 점 걸고 거실에도 한 점 걸어
오가며 바라봄도 더없이 흐뭇하여
오늘도 내일인 듯이 한 걸음도 아낀다.

학술적 가치 높여 세계로 뻗어가서
시조를 실어가는 한글서에 세계화에
깃봉을 높이 들고서 우렁차게 외치자

회원은 작품으로 우리 것에 긍지 갖고

서체에 멋을 부려 아름답게 가꾸어서

시조를 서예에 얹어 세계 향해 뻗어가자

(2008.11.15)

2009년 [문학정신]봄호

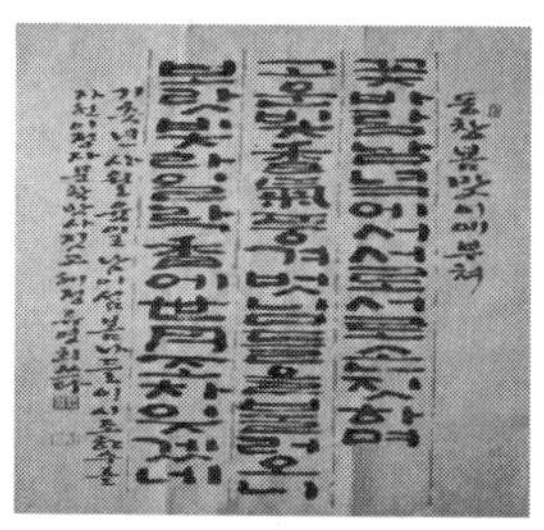

Ⅲ. 새해의 아침 해

1. 근하신년

연적에 먹물 갈고
붓끝에 살짝 적셔
기축년 새해아침
단정하게 정죄히고

오로지
한마음 모아
근하신년 올린다.
(2009.1.1)

2. 화해의 비법

서로가 협력하여
한 발 물러 일궈내고
진지한 관계 속에
사슬을 풀어내면

어떠한
혜살에서도
여백으로 남으리.
(2008.10.31)

3. 새해의 아침 해

여명을 헹궈내는 새해의 아침 해는
괴력을 분출하듯 온 바다가 불덩이다.
새해의 소망을 담아 빛살 속에 펼친다.

여명을 헹궈내는 새해의 아침 해는
역사를 다시 쓰듯 하늘까지 물들이며
모두의 소망을 풀어 온 누리에 펼친다.

여명을 헹궈내는 새해의 아침 해는
저마다 토해내는 새해소망 가득 담아
바다가 붉게 타도록 하늘 향해 기도한다.

4. 겨울비

겨울에 비가 오니 까치집이 문제구나.

까치 두 마리가 비를 맞으며 나무 끝에 앉아 저 마치 제 집을 바라보면서 한 참을 있다가 어디론가 날아가 버렸다. 까치도 지붕을 만드는 지혜를 터득해야겠구나. 이 겨울 떨고 있을 추운 이웃들도 많이 있겠지...

만물이 사는 이치가 어찌 이리 같은지.

5. 시조 짓기(09)

고유의 우리시조
어려운 게 아닌데도
시인들 어렵다며
자유시를 선호하네.
우리의
생활 속에서
운율 따라 읊어 봐요.

한국어 낱말구조
거의가 2 · 3음절
조금만 다듬으면
맞춰지는 자수라네
우리말
구조자체가
시조쓰기 딱이죠.
(2009.1.1)

6. 새해가 밝았어요

새해가 밝았어요.
기축년의 새해에요
올해엔 나라안팎
두루두루 편안하여
지구촌
온 가족들이
행복했음 좋겠어요.

우리네 살림살이
어렵다 하지만요
옛날을 생각하면
모두모두 잘 살아요
모두들
자기 위치서
힘껏 뛰며 잘해 봐요.
(2009.1.1)

7. 아가의 그림

아가의
그림에는
구름이 웃고 있어요

해님은 찡그리며
구름을 싫어해요

꽃들은
활짝 웃으며
꽃구름을 노래해요.

8. 福壽草(얼음꽃)

돌담 밑 발길 뜸한
양지바른 오솔길에
추워서 등대보던
그 발길 닿는 곳에
겨울을 배웅하듯 핀
활짝 웃는 복수꽃.

언 땅을 비켜나와
봉황으로 피운 생명
대지에 봄기운을
하나 가득 펼치면서
초록 깃 별꽃 눈으로
마파람을 불러요.

(2009.2)

9. 시작(詩作)

지그시 눈 감으면
시어들이 다가오고
살며시 눈을 뜨면
행간에서 사라진다.
깨어난
순간을 포착
마음 하나
심는다. (2009.2.13)

10. 고지에 오르며

고지에 오를수록
시야는 넓어졌다
그 높던 빌딩 숲도
발아래에 누워 있고
그 높던
푸른 하늘은
머리위에
내린다.(2009.3.6)

11. 단풍놀이

해마다
보는 단풍
연연마다 새로운 건

단풍도
새순처럼
새로 물든 단풍이듯

마음도
때를 따라서
새로워진 탓일까.

12. 물 위의 달

돌올한
산을 넘다
솔가지에 발이 걸려

허공을
가로지른
은하수에 돛을 나려

대지로
곤두박질쳐
강물위에 내렸네.

13. 동강할미꽃

동강의
풍광 먹고
할미꽃도 저리 곱네.

이 세상
자리 뜰 쯤
동강에 와서 살면

한 세상
고운 폼으로
향기 가득 담길까?

14. 타임머신을 타고

호롱불
아래서도
원탁처럼 모여앉아

얘기꽃
피워가며
뜨개질 한창일 때

댓돌엔
귀뚜리 노래
달그림자 기울었지.

15. 봄소식

황매화
옆구리를
마파람이 휘감고서

휘어진
등줄기에
잔설을 털어내니

옹이진
마디마디에
웃음꽃이 터지네.

Ⅳ. 숭례제시

1. 숭례제시

육백년 세월 속에 영욕(榮辱)을 함께하며
그 많은 전쟁에도 민족혼을 살렸는데
어떻게!? 개방만 하고 지키지는 못했나.

오는 이 그 누구나 보듬어 안으면서
어버이 품안처럼 쉬어가게 하였는데
어떻게!? 천인공노할 멍청스런 범인아,

타버린 그대 심장 줄기세포 이식하여
최첨단 의술로서 멋있게 태어난들
맥 끊긴 역사의 숨결 슬프고도 슬프다.
(문학공간, 2008.7)

2. BBK 김경준 사건

정치판 말놀음이 놀음판의 놀음 같다.
두 눈에 핏발 세워 판을 벌린 정치꾼들
사기꾼 혓바닥 끝에 출렁이는 대선정국.
(2007.12.)

3. 내가 제일

대선에 출마하여 대통령을 꿈꾸는 자
자기가 적임자요 제각각 최고라네
공약엔 누굴 뽑아도 대한민국 최고겠네.
(2007.12.9)

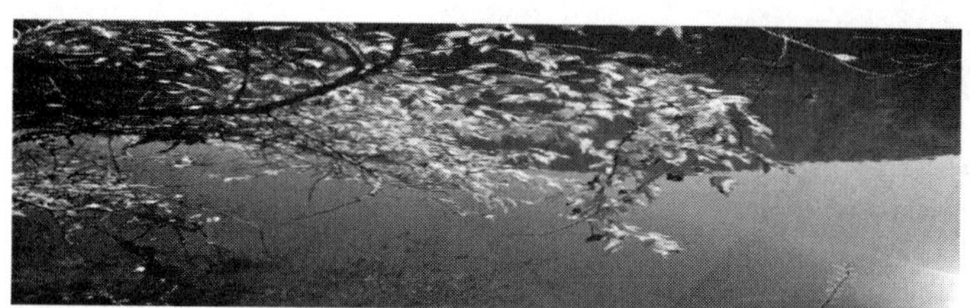

4. 네거티브 작전

지난밤 서리꽃이 대선정국 새판짤까
말 많은 BBK사건 지겹도록 들려오네.
서리꽃 피운 나무가 눈꽃으로 변하네.
(2007.12.17)

5. 국민의 마음

후련한 대선결과 국민의 뜻이라네
신당의 특검법도 동영상 공개에도
민심은 흔들림 없이 정권교체 이뤘다.
(2007.12.20)

6. 결혼은 선택

요즈음 젊은이들 결혼을 않는 것은
나홀로 세계에서 자유를 구가하며
사랑도 사슬이 되고 간섭이라 여긴다네.

대화를 나눠가며 헤살*은 삭혀내고
서로가 한 발 들여 사슬을 풀어내면
반쪽이 하나가 되어 원만하게 되련만.
(2008.10.30)
* 헤살: 어떤 일에 훼방이 되는 행위를 이르는 순수 국어

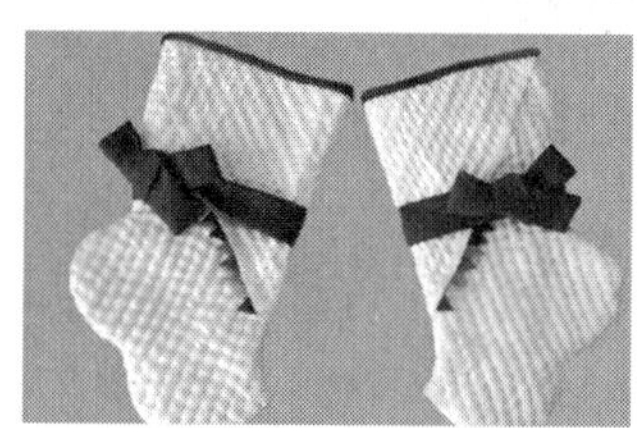

7. 봄길

새소리 물소리가 풀향에 젖어들어
스치는 옷자락도 실로폰 음향이고
하늘은 구름에 실려 물속에서 춤춘다.

8. 꽃의 환생

겨우내 긴 사연을 봄볕에 풀어놓아

한 줌의 햇살 담아 네 안에 사랑 주어

새싹이 움트는 날에 고운 모습 보리라.

(* 봄소식을 제일 먼저 알려주는 우리 집 발코니에 있는 군자란이 꽃망울을 머금고 올라오고 있다. 사철 꽃을 피우는 사랑초, 일년 내내 쉬지도 않고 곱게도 꽃을 피우는 제라늄, 우리집 정원에는 4철꽃이 있다. 제라늄은 겨울에 거실로 옮겨오면 더욱 생기가 난다. 곱게도 피워주는 제라늄, 칭찬을 먹고 더욱 아름답게 피나보다.)

9. 봄소식 (09-1)

말없이
찾아드는
눈부신 함성들이

샘물을
퍼 올리듯
잔상으로 그려지네.

마파람
휘모리장단에
일렁이는 저 꽃술.

10. 외식 생일상

수고한
손길 깃든
생일상은 아니라도

온가족
오붓하게
모여 앉은 생일축하

자손은
아름다워라
천륜이란 이름으로.
(2009.1.19)

11. 봄소식(09-2)

부슬비
부슬부슬
종일토록 아쉬워도

목마른
산과 들은
두 팔 벌려 활짝 웃고

동장군
배웅에 나선
갓 깨어난 황매화.

12. 새옹지마(09)

바람도
햇살 찾아
비집고 앉아있다

매달린
야윈 햇살
허리춤이 서러워도

곧추선
죽림의 뜻에
하늘빛을 바란다.

13. 두 사람

- 여권 내 갈등을 보며 -

양자간 한발 물러 대화로 합의하고
진지한 관계 속에 얽힌 사슬 풀어내면
우민(愚民)의 묵은 체증도 후련하게 뚫리련만.

14. 갠지스의 철학

인도의 바라나시 우중충한 갠지스 강변

활활 타는 시체 한 편에서는 목욕재계를 하고
한 쪽에선 명상을 하고 다른 한 쪽에서는 구걸을 한다.
훨훨 타는 장작불속의 시체는 꽃에 묻혀 타오르고
타다 남은 육체와 재가 갠지스에 던져지고 뿌려지면
영혼은 힌두의 성지로 물길 따라 흐르고 ...

믿음은 믿는 자에겐 삶의 철학 자체이다.
(시조문학, 가을호 2009)

15. 승화의 순간
- 입관 -

적막의 시간만이 초침처럼 흘러간다.
이윽고 일렁이는 하얀 천 굽이굽이
우러러 하늘 향하여 승화하는 한 순간.
(2009.1.21)

Ⅴ. 이별 그후

1. 이별 그 후

오래 전 꿈속에서
애 닳도록 섧었는데
천지간 긴긴 세월
후루룩 지난 이제
초연한
그리움으로
추억한 칸 지었다.
(2009.1.30)

2. 낙엽

일기장 갈피마다
네가 앉아 추경(秋景)인데
날씨는 엄동설한
천애의 절벽강산
너마저
지워버리면
여백만이 봄을 간다(耕).

3. 탐닉(耽溺)

물길이 흘러가듯
행간에서 행간으로
눈길은 골을 따라
종일토록 따라가며
심중을
고정시키고
끊임없이 흐른다.

4. 풀꽃(09)

묵묵히 키워내는
대지의 넓은 품서
살포시 몸을 낮춰
드러내지 아니해도
은은한
향기를 찾아
벌·나비가 모이네.

5. 휴전선

철조망 가닥가닥
허리를 동여매고
수많은 탄피들이
마디마다 박혔는데
불구의
휴전선으로
언제까지 버틸까.

6. 물안개

강물이 새벽녘에
깔아둔 물안개에
햇살도 길을 잃고
헤매고 있을 때에
봄맞이
버들강아지
늦잠에서 깨어나네.

7. 강설(降雪)

환희의 축복 속에
온 세상이 잠긴 듯이
앙상한 가지들도
흰 꽃 너울 드리우고
새봄을
맞이한 듯이
싱싱하게 살아난다.

8. 설경(雪景) 1

세상이 열두 자의
눈 속에 묻혔을 때
길 잃은 산토끼가
먹이 찾아 헤매다가
눈 속에
몸을 숨기고
하얀 달을 꿈꾼다.

9. 설경(雪景)2

운해가 펼쳐진 듯
망막한 눈의 바다
천지가 하나 되어
백설위에 월광(月光)인데
눈꽃은
매화를 피워
온천지가 순결하다.

10. 개여울

눈 녹은 개여울에
굴러가는 구슬소리
흐르는 물길 따라
산 그리매 발 담그고
실눈 뜬
버들강아지
물 한 모금 마신다.

11. 개화(開花)

개울가 언덕배기
버들아지 두어 가지
눈 녹아 흘러내린
옥 같은 물을 먹고
벙 그는
순간순간도
어깻숨을 내쉰다.

12. 빛(09)

빈 땅에 줄을 그어
새길 열어 차지하고
구름을 걷어내어
하늘 길도 가득 채워
조용히
등 뒤로 와서
길을 가라 비추지.

어느 땐 소리 없이
앞 서 가며 길을 열어
멈췄던 길도 돌아
다시 보며 생각타가
하늘을
지렛대 삼아
좇아가는 빛이 있지

13. 나이만큼

자식은 살림날 때
부모마음 헤아릴까
제 자식 아파할 때
부모마음 돌아볼까
자식은
나이만큼만
부모마음 안다네.

14. 태극기

세우면
삼팔선이
남북으로 나뉘어져

북쪽은
빨갱이라
붉은 줄 알았었지

원하나
푸르게 칠하면
통일한국 되겠네.
(2009.2.23)

15. 잃어버린 풍경

어스름
땅거미에
굴뚝마다 하얀 연기

소몰이
아이들의
신나는 워낭 소리

저마다
귀소(歸巢)의 본능
들썩이는 저녁풍경

VI. 나의 땅, 나의 고향

1. 나이아가라 폭포

폭포가
포효하듯
굉음으로 내리치며

가까이
오지 말라
한입으로 삼키리라

시퍼런
서슬에 질려
아무 말도 못하네.
(2007.2)

2. 무인도

바닷길
한가운데
갈매기 떼 날아들고

인적은
뜸하지만
등대하나 거느리고

바다를
울타리 삼아
홀로임도 즐긴다.
(2009.3.24)

3. 시작(詩作)을 위한 기도

바람의 눈을 갖고
곳곳마다 다니면서
생생한 시재 찾아
시혼에 담아내어
홀씨로
시심에 심어
싹이 트게 하소서.
(2009.3.24)

4. 나의 땅, 나의 고향

문명의 언저리도
만나지 못한 듯이
골목은 옛 그대로
복수꽃도 그 자리에
시간이
멈추어 선 듯
어린 나를 만난다.
(2009.3.25)

5. 흙이 아파요

누군가 은밀히 와
애무하듯 헤치더니
쇠줄을 놓아가며
하늘 땅 금을 긋고
드높은
송전탑 세워
내 속살이 아파요.
(2009.3.25)
(시조문학,2009.가을호)

6. 밤의 서정(07)

희미한 달그림자
뜰 안에서 서성이고
은하수 길을 열어
하늘가에 닿아있고
불 밝힌
가로등 하나
나의 길도 밝히네.

7. 동백꽃

소박한 소원하나
가슴속에 불을 지펴
봄맞이 가자꾸나
들녘으로 먼저가자
봄볕은
땅을 녹이고
새잎들을 낳는다.

8. 봄의 소리

마파람 실눈 뜨고
버들 아지 깨우더니
연초록 생명들이
새록새록 일어서네.

저 건너
새집에서도
아기소리 들린다.
-2009년 [문학정신]봄호 -

9. 스킬자수 한 점

새것을 선호해도 때로는 옛 것이 좋다

    내게는 40년이 가까운 스킬자수 한 점이 있다. 처음은 벽걸이로 쓰다가 세월이 지나면서 목욕탕 앞 발 닦기로 변했다. 1972년 겨울 스킬자수가 유행하던 시기, 나는 딜실집에서 실과 비늘을 사서 뜨기 시자했다. 푸른 초원에서 노는 고양이 그림이다. 제법 예쁘다.

    얼마 전 발 닦기를 다른 것으로 바꾸면서 그간 노고(쓰임)를 생각해서 곱게 모셔두고 싶었다. 40년이 가까운 지금도 푸른 풀밭에서 고양이가 눈을 동그랗게 뜨고 놀고 있다. 하늘엔 흰 구름 한 점도 있어 제법 정취가 있는 예쁜 그림이다. 그래서 부엌 한 벽면에다 다시 걸고 보니

    물건도 세월이 갈수록 더욱 정이 도탑다.

10. 부평초

어디쯤
자리할까
비집고 앉아볼까

편안히
발 뻗기엔
애당초 어긋난 걸

어차피
부평초인데
어디인들 어떠랴.
(2009.7.5)

11. 위기가 올 땐

위기는
어디서나
상황을 고려치 않네.

힘겨운
과정에서
인생은 성숙하고

더한층
완숙을 향한
기회임을 터득한다.

12. 하늘다리

청량산 언덕배기 오르고 또 오르며
비탈길 올라가고 하늘계단 또 오로니
별천지 하늘다리가 두 산정에 매달렸네.

쇠줄에 매어달려 반쳐주는 하늘 다리
모두들 조심스레 하늘 길을 건너가며
허공에 발을 딛고도 그 절경에 취한다.
(2009.6.8)

** 청량산은 명산이며 승경이다. 하늘다리 가는 길은 가파른 비탈과 계단으로 이어져 힘은 들지만 훌륭한 다리이다. 외국의 어느 관광지 못지않다. 하늘다리에서 내려다보는 전망 또한 절경(絶景)이다.

13. 청량산

청산은 말없어도 아늑하고 넉넉하다
새소리 바람소리 자연에의 속삭임도
기암을 휘돌아가는 평화로운 운율이다.

청산은 말없어도 구름 한 점 쉬어가고
등산길 힘들어도 너도 나도 또 오르니
선인들 자취 새기며 마음결을 고른다.

청산은 말없어도 그 가운데 들고 온다.
고운대[7], 청량산성[8], 김생굴[9] 청량정사[10]
그 얽힌 역사의 흔적은 청산함께 숨을 쉰다.
(2009.6.8)

---

7) 최치원이 수도한 곳으로 알려진
8) 고려 공민왕이 피란 와 있던 청량산성과 공민왕당(恭愍王堂)이 있다.
9) 신라 명필 김생이 글씨를 공부한 곳
10) 퇴계 이황도 청량산인이라고 불릴 정도로 이 산을 예찬하여 후세 사람들이 그를 기념하여 세운 청량정사(清凉精舍)가 남아 있다

14. 서울광장

6월은 투쟁의 달인가 연년마다 시위물결
6·25는 퇴색되고, 민주화 6·10 항쟁,
각 단체 투쟁결의가 민주화를 대변하네.

서울의 얼굴이자 문화의 광장으로
시민들 자긍하며 즐겨보던 푸른 광장이
어쩌다 시위와 폭력의 중심부가 되었는가?
(2009.6.10)

15. 대보름

두둥실
둥근달이
온 마을을 비춰주고

휘몰이
장단 소리
집집마다 복을 빌어

천·지·인
한데 어울려
흥에 겨운 한마당.

16. 봄나들이

- 동창 봄맞이에 부쳐 -

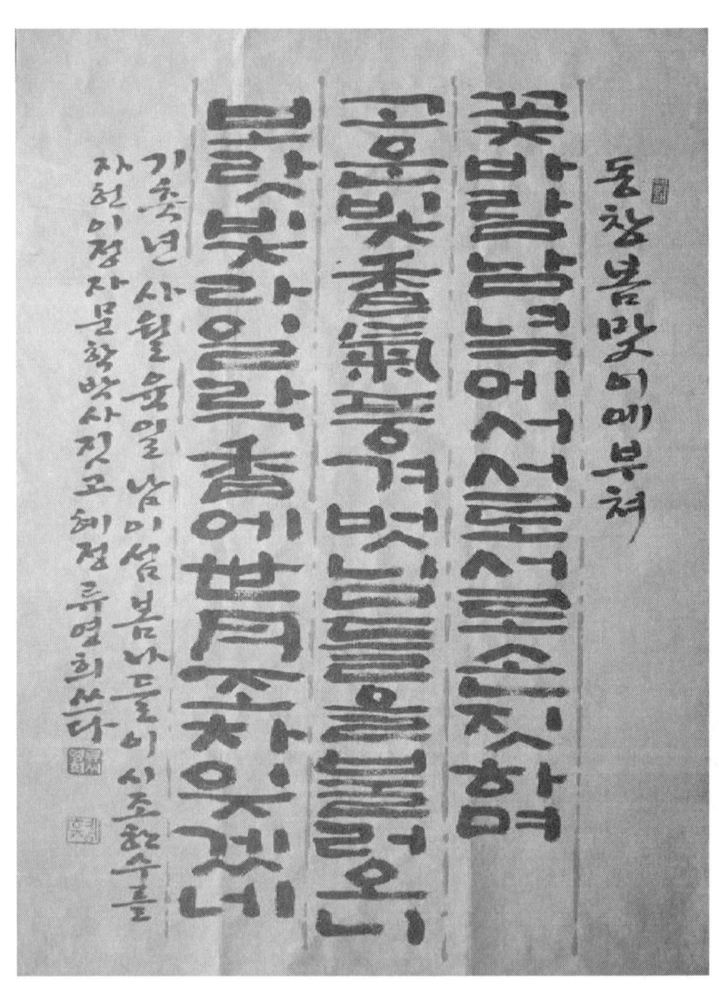

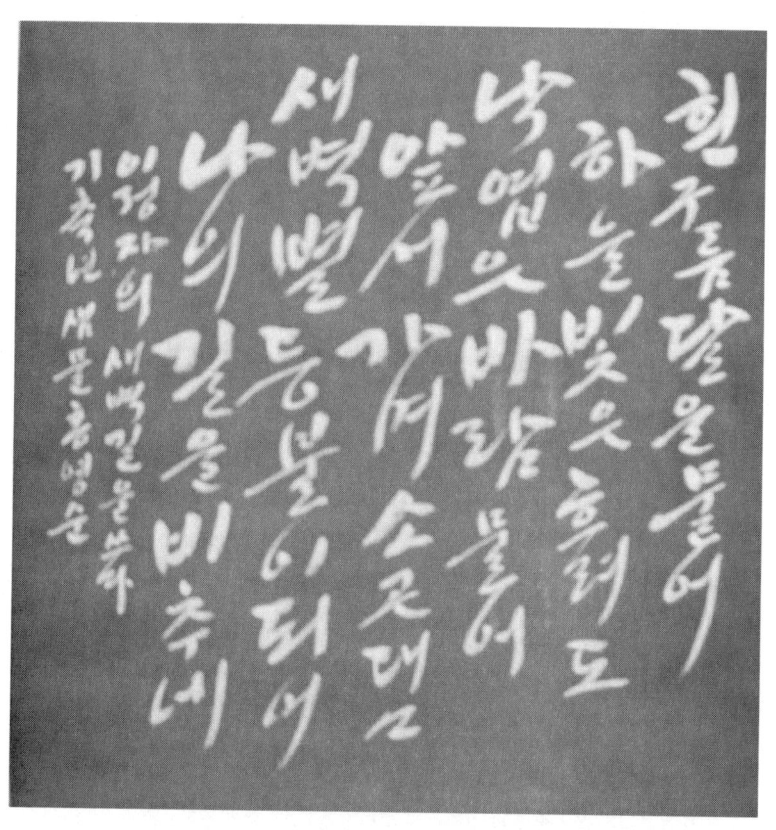

[2009. 시조로 꾸미는 아름다운 한글 서예전] 작품

깃봉을 높이들고서

한글을사랑하고아끼는마음으로
연적에시조한수붓을날려건저내어
한지에고이실으니꽃이피어열매맺네

국향에묵을치듯동양화의여백으로
시향에붓을당겨묵향에취하여서
걸어온이십여성상도어제인듯하여라

서가에한점걸고거실에도한점걸어
오가며바라봄도더없이흐뭇하여
오늘도내일인듯이한걸음도아낀다

학술적가치높여세계로뻗어가자
시조를실어가는한글서예세계화에
깃봉을높이들고서우렁차게외치자

회원은작품으로우리것에긍지갖고
서체에멋을부려아름답게가꾸어서
시조글서예에엮어세계향해뻗어가자

자인 이정자님의 시를 썼다
이천구년 여름 오전 이준 ○○

[2009. 시조로 꾸미는 아름다운 한글서예전] 출품작

현대시조 창작원리

- 정격으로의 길

1) 시조의 형식과 한국어의 언어 구조

시조는 우리 민족의 언어구조와 그 특질에 바탕을 두고 있다. 우리의 말은 대개가 2음절 3음절 4음절로 이루어져 있다. 예를 들면

「웃으면(3) 복이 와요(4) 모두모두(4) 웃어 봐요(4).
신나게(3) 웃다보면(4) 근심 걱정(4) 달아나요(4).
모두들(3) 웃음보따리(5) 풀어 놓고(4) 웃어요.(3)」

위의 문장을 풀어 보면 <2음절> <3음절>이다. 4음절은 2음절이 2개 모여서 이루어진 것을 알 수 있고, 5음절은 2음절과 3음절의 결합이다. 이러한 언어 구조로 이루어진 한국어의 특질이 시조의 형태를 가능하게 하는데 결정적인 요인이다. 이 형태는 다른 어떤 언어로도 살릴 수가 없다. 이것이 우리 시조의 정체성이다. 곧 한국어의 언어 구조가 <시조>를 가능하게 했다. 각 음절의 자수에 약간의 변화를 허용하는 것이 정형속의 절제된 자유이다. 우리 고유의 시조 형식을 고수하면서 현대 감각을 살리는 것이 현대시조이다.

내설악/ 등에 업은
만해 마을 찾았더니 (15자)

떠나간/ 임 그리는
설법이 넘쳐흘러 (14자)

세루(世累)한 / 유랑의 짐에
만심(卍心)가득 실어라. (15자) →44자
－김영덕. 백담계곡을 에돌아－

읽고 또 읽으며 음미해 보라. 해설이 필요치 않으리라. 풍(風)이 있고 격(格)이 있고 아(雅)가 있다는 말이 바로 이런 것이리라.

2) 시조의 음보와 구

음보(音步,foot)는 말 그대로 소리 걸음으로 시(운문)의 최소 운율을 측정하는 단위이다. 우리시에 있어 음보(音步)는 영시의 음보(foot)와는 전혀 다른 개념이다. 우리시에 있어 음보는 롯츠(lotz)가 분류한 음수율, 고저율, 강약률, 장단율의 어느 것과도 다른 時間的 等長性에 근거하고 있다. 時間的 等長性이란 곧 음보(音步)를 쉽게 말하자면 음의 걸음걸이이다. 평상시 걸어 다닐 때의 걸음걸이는 그 보폭이 대개 비슷비슷하다. 이 걸음에 시간의 개념을 얹었다고 생각하면 된다. 일정시간에 일정 거리를 걷는다고 생각하면 된다.

우리말의 단어는 대개 2음절과 3음절로 된 것이 절대다수를 차지하고 있다. 여기에 조사나 어미가 붙어 실제는 3음절 내지 4음절이 절대적인 비중을 차지한다. 그러나 이보다 더 음절수가 늘어나 6,7음절이 될 수도 있다. 이렇게 늘어날 경우라도 얼마까지 늘어나는 것을 허용할 것인가? 여기에 제한이 가해지는 것이 바로 시간성이다. 시간적 등장성이란 바로 이를 이름이다. 율독하는 데 걸리는 시간이, 다시 말해 한 걸음을 옮기는데 걸리는 시간이 허용되는 범주까지 가능한 것이다. 시의 보격은 그 시의 율격을 분석할 때 나타나는 형태·수에 따라 결정된다. 곧 시조의 각 장이 4음보일 때 이는 4박자에 4음보율이 된다.

시조는 3장 6구 12음보이다. **시조는 2음보가 중첩되어 1구를 이룬다. 1구는 최소한의 의미를 가진 율격 단위가 된다. 이러한 2구가 짝을 이루어 독립된 하나의 문장 형태를 갖추면서 각 장을 이룬다. 각 장은 의미의 작은 단위가 되며 동시에 리듬의 작은 단위가 된다. 그래서 시조 한 수는 3장이 모여 통일된 의미를 가지면서 한 편의 시조가 된다.**

시조는 3·4·5음절 단위의 음보로 이루어지는 시형이다. 곧 두 음보가 모여서 한 구를 이루고 각 구가 두 개 짝을 이루어 시조의 각 장을 만든다. 그래서 3장 6구 12음보이다. 각 구는 진술로서의 구체적인 의미를 띠운다.

고요를 / 갈라내던(2음보 1구)
절절한 / 속울음을(2음보 1구) →14자

누르고 / 숨아내어(2음보 1구)
따갑게 / 쏟아내네(2음보 1구) →14자

우르르 / 부어놓으면(2음보 1구)
출렁이는 / 마음자락.(2음보 1구) ⇒6구 12음보 →16자 ⇒44자

－신선미, 비－

연시조를 지을 때도 마찬가지이다. 각 수는 통일되고 완결된 의미 구조로 이루어져야 한다. 자유시에서의 연 구조로 이어져서는 안 된다. 이 말은 자유시처럼 연 나누기가 아닌 연시조 각 수마다 통일되고 완결된 의미로 마무리 되어야 된다는 말이다.

밤하늘 /여왕인양//
군림한 때 /있었건만/// →15자

권좌의/ 뒤안길에//
허전하게/ 밀려나서/// →15자

산마루/
외로이 걸린//
빛을 잃은/ 하얀 달. →15자 ⇒45자

고뇌도/ 승화하면//-
사리로 /빛을테지/// →14자

서러운/ 마음일랑//
다소곳이/ 접어 두고/// →15자

옛 영화/
되찾을 날만//
숨죽이며/ 기다린다. →16자 ⇒45자

- 양계향, 낮달 -

이 작품을 율독(律讀)해 보면 /에서는 짧은 휴지(休止)가, //에서는 중간 휴지가, ///에서는 긴 휴지가 자연스럽게 느껴진다. 곧 몇 개의 음절이 모여 음보가 되고 두개의 음보가 짝을 이뤄 구를 이루고 연첩된 두 구가 장을 이룬다. 그리고 3장이 모여 한 편의 시조가 되는 것이다. 이와 같은 논리에서 위의 작품을 대비하면 /은 음보에, //는 句에 ///은 장에 연관되어 진다.

시조를 구성하는 가장 기초적인 단위는 음보이다. 이 음보는 율격의 단위인 어절이다. 한국어의 어절(語節)은 그 특성상 3·4음절을 휴지의 1주기로 한다. 이것이 바로 3·4음을 기조로 한 음보율이다.[11] 그런데 이 음

보의 길이가 늘어나 6,7음절이 될 수도 있기에 제한이 가해지는 것이 바로
시간성이다. 앞에서 말한 시간적 등장성이란 바로 이를 말한다.

3) 시조의 자수와 자수율

시조는 우리 고유의 정형시로서 우리 민족의 혼이 담겨진 그릇이다. 시
조는 한시나 일본의 정형시처럼 그 자수에 변통이 없는 것이 아니라, 45자
를 기준으로 몇 자의 가감을 허용한다. 그래서 자수만이 아니라 음보나 구
로 설명하기도 한다. 그래서 긴축과 여백의 미학을 말하기도 한다. 시조의
기본형과 그 율격을 보자.

    成仏寺(3) 깊은 밤에(4) 그윽한(3) 풍경소리(4)
    주승은(3) 잠이 들고(4) 객이 홀로(4) 듣는구나(4)
    저 손아(3) 마자 잠들어(5) 혼자 울게(4) 하여라(3)

위의 시조는 노산 이은상의 「성불사의 밤」이다. 기본형에 맞고 율격도
잘 이루어진 작품이다. 위의 기본형을 벗어난 작품을 보자.

    아무리(3) 여름이 더워도(6) 싫단 말(3) 다신 않을래(5) →17자
    이 밤도(3) 또 밤새워 우는(6) 저 가을(3) 벌레들 소리(5) →17자
    더구나(3) 우수수 잎들이 지면(8) 어이 견딜(4) 까본가(3) →18자
    ⇒52자

이호우의 「聽秋(청추)」라는 작품의 첫 수다. 시조는 3장 6구 안에서 외
재율도 음보율도 자수율도 의미율도 함께 할 때 그 정체성이 보존된다. 시

---

11) 김대행, 한국시가구조연구, 제2장 운율론 참조, 삼영사, 1976.

조를 쓰면서 할 말을 어찌 다 할 수 있으랴. 시조는 시어의 압축과 절제가 고도로 요구되는 시형이다. 그런 의미에서 다음과 같이 시어를 절제할 수 있다고 본다.

아무리(3) 여름이 더워도(6) 싫단 말(3) 다신 않을 래(5) →17자
이 밤도(3) 밤새워 우는(5) 저 가을(3) 벌레들 소리(5) →16자
우수수(3) 잎들이 지면(5) 어이 견딜(4) 까본가.(3) →15 ⇒48자

중장에서 '또'를 버리고 종장에서 '더구나'를 버렸다. 내용이 변하지 않는 한에서 버릴 것은 버리고 줄일 것은 줄여야 한다. '이 밤도'란 '도'에 이미 '또'란 의미도 포함되어 있다. '더구나'란 부사를 종장 머리에 두면 그 다음 오는 음보가 과음보가 되어 사실 맞지 않다. 아니면 '더구나' '잎들이 지면'으로 고쳐도 무방한 작품이다. 이러한 작품들은 가람을 포함하여 대가들에게도 부지기수이다. 절제와 압축, 퇴고를 거듭하여 정격(43 − 47)으로의 기본형을 지키는 것이 바람직하다. 이를 다시 고쳐보자.

아무리(3) 덥다 해도(4) 싫단 말(3) 않을 꺼야(4)
이 밤도(3) 지새우는(4) 저 가을(3) 벌레 소리(4)
우수수(3) 잎들이 지면(5) 어이 견딜(4) 까본가.(3) →43자

이다. 내용에는 변함이 없다. 내용상으로 볼 때 '여름'이란 계절을 밝히지 않아도 지난여름 더운 것을 지칭함을 알 수 있다. '시'는 더 버릴 것이 없을 정도로 시어의 절제와 압축과 간결을 요구하는 언어미학이다. 하물며 시조에 있어서야 더욱 그렇다. 위의 시조의 고침은 다만 정격으로 가는 과정을 밝혔을 뿐이다. 어찌 할 말을 다 늘어놓고 시조를 쓰랴. 평시조의 단아함은 고도의 절제와 압축미를 필요로 한다. 그리고 행간에서 독자가 읽어내게끔 여백을 남겨 두어야 한다.

시조는 '압축의 원리'에 의한 암시성을 그 본질로 한다. 시조는 대상에 대한 구체적인 체험이나 직관, 감정 등이 최대한 집중되어서 압축성과 간결성에 의하여 시어가 갖고 있는 무게와 비중은 보다 커진다.

다음 시조를 또 보자.

바람 잔 푸른 이내 속을 느닷없이 나울치는 해일이라 불러다오.
저 멀리 뭉게구름 머흐는 날 한 자락 드높은 차일이라 불러다오.
천년도 눈 깜짝할 사이, 우람히 나부끼는 구레나룻이라 불러다오.

－김상옥, 느티나무의 말－

이 작품 역시 시조의 자수개념으로 따지면 그 기본형에서 한참 벗어나 있다. 이를 음수율은 무시하고 운율을 살린 음보로만 본다면 다음 빗금으로 나눌 수 있다.

바람 잔 /푸른 이내 속을 /느닷없이 나울치는/ 해일이라 불러다오.
→25자
저 멀리 /뭉게구름 머흐는 날 /한 자락 드높은 /차일이라 불러다오.
→25자
천년도/ 눈 깜짝할 사이,/ 우람히 나부끼는/ 구레나룻이라 불러다오.
→26자 ⇒76자

이렇게 4음보로 보면 시조의 형식에는 맞다 하겠다. 하지만 가만히 따져 보면 각 장 첫째 음보를 제외하고는 사실상 두 음보로 나누어지는 음보인 셈이다. 그러니 정격에서 두 배의 음수율을 허용하면서까지 이를 평시조라 할 수 있는가라는 의문을 제기하게 된다. 제대로의 평시조가 되기 위해서는 과감하게 버릴 것은 버려야 한다.

바람 잔 / 이내 속은 / 나울치는/ 해일이고 →15자
저 멀리 /뭉게구름 /드높은 /차일이네 →14자
천년도/ 눈 깜짝할 사이,/ 나부끼는/ 구레나룻. →17자 ⇒46자

시조는 각 음보 내에서는 수식어와 서술어가 들어갈 여지가 없다. 과감하게 버릴 수 없다면 자유시를 선택해야 한다. 즉 초장의 경우 '푸른' '느닷없이' '불러다오', 중장에서 '머흐는 날' '한 자락' '불러다오', 그리고 종장의 경우 '우람히' '~라 불러다오' 같은 대목이다. 이러한 수식어와 서술어는 시조 형태의 자수개념을 무시한 소치이다. 그렇다고 엇시조도 사설시조도 아니다.

선배 시조시인들이 더구나 인지도가 높다는 시조시인들이 이렇게 썼으니 그 후배들이 어찌 따르지 않으랴. 또 감히 후배가 어찌 선배의 작품을 논할 수 있으랴. 이런 풍토가 오늘 날 변격과 파격의 원인이라 본다. 김상옥의 「느티나무의 말」은 시조가 아니다. 3행으로 곧 3장으로 발표되었다고 시조가 되는 것은 아니다.

4) 시조의 퇴고

'퇴고(推敲)'는 국어사전에 의하면 '글을 지을 때 여러 번 생각하여 고치고 다듬음' 이라고 풀이하고 있다. 한 작품을 고치고 다듬을수록 윤기를 더하기 때문이다. 퇴고는 작품을 완성하기 위한 최후의 작업이며, 작품에 대한 자기 평가라고 할 수 있다.

'상소잡기(緗素雜記)'에 의하면 한유(韓愈 768년~824년)와 가도(賈島)의 이야기가 나온다. 중국 당나라 때이다. 가도는 노새를 타고 가면서 시상을 떠 올렸다. 5언 절구에서 3행까지는 잘 나갔는데 4행에서 걸렸다. 2자 사이에서 골똘히 생각에 잠겨, 앞에서 오는 한유의 행차를 막았다. 그

시가 바로 퇴고(推敲)를 낳게 한 '이응(李凝)의 유거(幽居)에 제(題)함'이
다.

> 한거인병소(閑居隣並少) 한가하게 사노라니 사귄 이웃 드물고
> 초경입황원(草徑入荒園) 풀밭 사이 오솔길은 황원으로 뻗었네
> 조숙지변수(鳥宿池邊樹) 저녁 새는 연못가의 보금자리 찾는데

여기까지는 술술 내려왔는데 결구를 '승퇴월하문(僧*推月下門) 스님은
달빛아래 문을 밀친다'로 해야 할 것인지, '승고월하문(僧*敲月下門) 스님
은 달빛 아래 문을 두드린다.' 로 해야 할 것인지, 여기서 갈등을 일으키게
된다. '고'와 '퇴' 이 두 자를 소리 내어 중얼대면서 손을 들어 문을 두드리
고 미는 시늉도 해보곤 한다. 이렇듯 작품의 세계에 빠져 골몰하고 있던
가도는 저 앞에서 고관 일행이 오는 것도 몰랐다. 여전히 중얼거리며 손짓
을 하면서 가다가 결국 노새는 그 행렬을 뚫고 들어가 부딪치고 말았다.

위병들은 저마다 소리치며 노새 위의 가도를 끌어내려 한퇴지 앞에 꿇
어 앉혔다. 가도는 놀라면서 작시에 마음이 팔려 무례를 범했다는 사정을
말하고 사죄하였다. 퇴지는 말을 멈추고 잠시 생각하고 있다가 "'고'로 하
는 것이 좋겠네." 라고 말하였다.

이 사건이 인연이 되어 한유와 가도는 좋은 시우(詩友)가 되었다.

이 고사를 통해서 퇴고(推敲)가 무엇인지, 또 어떻게 하는 것인지 알 수
있을 것이다. 퇴고는 모든 글쓰기에서 이루어진다. 문장론에서 집필을 끝
낸 뒤 반드시 살펴야 한다는 뜻으로 '퇴고의 3원칙'이 있다.

첫째는 부가의 원칙이다. 쓰고자 하는 바를 충분하게 드러냈는가? 즉
요구조건이 충족되었는가를 살펴 빠뜨린 부분을 첨가 보충하는 것을 말
한다.

둘째는 삭제의 원칙이다. 글 쓴 사람의 솔직한 심정이 드러났는가? 가

식이나 허식이 없는가를 살펴 불필요한 부분, 지나친 부분, 조잡하고 과장
된 부분 등을 삭제한다.

셋째는, 재구성의 원칙이다. 글의 순서를 바꾸어 효과를 더 높일 수는
없는가? 즉, 문장의 구성을 변경하여 효과를 높일 수 있다면 구성을 다시
한다는 것이다. 단어 하나하나, 절구 하나하나를 살피면서 가장 효율적으
로 재구성해 보는 것이다.

문장이 갖는 형식적 특성을 비롯해서 자기가 의도 했던바 등 여러 가지
를 점검해야 한다. 특히 시조의 경우는 퇴고하는 과정에서 음보간의 유연
성과 율격, 자수율, 함축미, 의미율(통사율)을 점검할 필요가 있다. 그리고
작품을 쓰고 나서 어느 정도의 시간이 지난 뒤에 퇴고에 임하는 것도 좋은
방법이다.

그렇게/ 붐비던 여름도 //이젠 물러/ 앉았는데 →17자
플라타너스 /낙엽 진 거리를// 혼자라도/ 걸어보아라 →20자
우리가 /세월의 강물이// 흘러간 걸 /금시 보리라. →18자 ⇒55자

철새들/ 울고 간 하늘을// 목도리로 /둘둘 감고 →17자
플라타너스/ 낭자한 거리를// 손을 잡고/ 걸어보아라 →20자
우리가 /눈물의 行間이// 넓어진 걸 /서로 보리라. →18자 ⇒55자

－정완영, 낙엽을 밟으며－

원로시인이고 정격을 고수하고 있는 시인으로 안다. 그런데 요즈음 문
예지에 발표되는 몇 편의 작품을 보고 많이 의아해 했다. 이 작품 또한 자
유시의 표현을 닮은 과음보 투성이다. 자유시와 시조는 표현상에도 차이
가 있다. 자유시 같이 표현하려는 데서 시조의 참맛을 잃어버릴 수 있다.
시조시인은 시조의 맛을 자랑스럽게 생각하고 표현해야 한다. 자유시와
시조는 율격에서부터 다르다. 앞에서 논한 율격론을 살펴보면 알 수 있다.

자유시를 모방하려 하면 그때부터 시조의 맛이 달라진다. 의미는 그대로 두고 충분히 다듬을 수 있는데도 자유시처럼 표현하여 발표하는 경우를 인지도가 높다는 시조시인들에게서 많이 보게 된다. 과음보를 하지 않고 아래와 같이 정격에 맞게 퇴고해 보았다. 퇴고의 원칙 중 둘째 삭제의 원칙과 셋째 재구성의 원칙을 적용하여 고쳐 보았다.

'플라타나스'는 물론 한 음보이다. 하지만 첫음보에서는 피하는 것이 시조의 기본틀에도 맞고 바람직하다. 그리고 각 장 둘째 음보는 모두 두 음보로 나눠도 무방한 음보로서 과음보 현상을 보인다. 종장 둘째 음보는 예외로서 5 - 7음절을 허용한다.

붐비던/ 한여름도 //이젠 물러/ 앉았는데 →15자
낙엽 진/ 저 거리를 //혼자라도 /걸어보라 →15자
흘러간/ 세월의 강물을// 우리 다시 /보리라. →16자 ⇒45자

철새들/ 울고 간 하늘// 목도리로 /둘둘 감고 →15자
낙엽이/ 낭자한 거리를// 손을 잡고 /걸어보라 →17자
넓어진 /눈물의 행간을// 우리 서로/ 보리라. →16자 ⇒48자

[이정자의 『현대시조, 정격으로의 길』(국학자료원,2009)에서 발췌]

평자의 글(제1 시조: 가을꽃 여울타고)

학문 연구와 시조 창작의 길 개척

李太極(전 이화여대 교수, 시인)

학문과 창작의 길은 별개의 것으로 여겨짐이 상념인 것 같다. 그러나 여말경부터 학자들이 시조를 지었고 출중한 한학자일수록 한시에도 능하였다. 조선조의 대성리학자인 퇴계나 율곡 선생도 훌륭한 시조 작품을 남겼고, 송강, 노계, 고산 같은 분들도 근대시가 작가로서 주옥같은 작품들을 남겼다. 또 최근세에는 故가람님이 그 길을 완수하였던 것이다.

최근에는 학문의 길에 있는 이들이 학문적 연구와 더불어 시조 창작에도 정진하는 사람들이 많이 있다. 이러한 점에서 볼 때 이번 시조집을 엮어낸 이정자 시인도 그러한 대열에 놓여있는 사람이라고 보여진다.

이 시안은 梨大에서 학부와 대학원을 마치었다. 그 후 시조 창작의 길로 들어서서 수년 전에 『시조문학』지에서 천료를 받았다. 그리고 『문학과 의식』사에서 평론 부문 신인상을 받기도 했다. 학문에 대한 열기 또한 대단하여 건국대학교 대학원에서 「한국시가의 아니마 연구」로 박사 학위를 받고 동교에서 강의를 하고 있다.

그런데 요즘은 그 과정을 넘으니까 그간 도사렸던 시조 창작에의 의욕이 되살아나는 것 같다. 참으로 뜻한 길에 매진 매진하는 노력가라고 아니할 수 없다. 이번 작품들을 보니 시에 대한 타고난 소질도 느꼈지만 시조 창작에 대한 무한한 감정과 생활, 그리고 자연에 대한 애정 또한 남다름을 느꼈다. 이제 그의 작품들을 들고 그 실제를 살펴보기로 하겠다.

　그의 작품들은 5부로 나누어지는데 제1부에는 만학 생활에서 얻은 상념들을 노래한 것으로 보이고, 제2부는 자연과의 교감을 주로 형상화한 것으로 단시조로만 구성되었다. 제3부와 제4부는 연시조인데 3부는 일상에서의 느낌과 고향의 노래를, 4부는 여행에서의 정감을 노래했다. 제5부는 최근의 마음의 흐름과 다짐, 思鄕등을 장시로 형상화하였다.

　　　어여차/힘껏 당겨/마음속에 그려보면//
　　　시간의/ 흐름속에 /여닫는 숨결 소리//
　　　끝없는/ 하늘을 향해/긴 숨으로 뿜어낸다.

- 생명의 노래, 둘째 수 -

　이렇듯 학문의 길을 열고 가던 때의 심회로서, 이러한 희망과 집념속에서 오직 학문에 매진한 것으로 본다. 경건하고도 힘찬 행진의 자세이다.

　　　채워진 /자리마다/푸근하고 뿌듯하고//
　　　아무리 /일궈내도/ 다함 없는 知의 세계//
　　　날마다/ 보태어 담아도/ 갈증나는/
　　　빈/자/리

- 빈자리, 전문 -

　이것 또한 온 정성을 모아 학문하던 때의 심회다. 그것을 단수로 마무린 것도 뛰어나다.

　　　화사한 눈꽃으로/부셔오는 햇살 속에//
　　　빨갛게 익은 가슴/ 향기로운 수줍음은//
　　　안으로/ 여물어 피운/님을 향한 기다림.

- 동백꽃1 -

눈 속에 피어난 빨간 동백꽃을 보고, 이렇게 단수로서 말을 절제하면서
도 그 알맹이를 보여준 이시인의 표현솜씨는 가이 生來的이라 할 수 있다.

　　하늘은 잡혀질 듯/ 구름 위에 내가 있고//
　　돌아서 바라보니/ 허공에 길이 있고//
　　푸른 숲/ 산새 노래로/ 하나 되는 어울림.

- 山頂에서 -

　　산정에 올라서의 감회를 그림을 그리듯이 나타내 주고 있다. 이렇게 물
흐르듯이 단수로 나타내 줌도 표현의 슬기라하겠다. 여기서도 이시인의
표현의 묘를 볼 수 있다.

　　청아한 가슴으로/ 오색 꿈을 엮어내고//
　　영그는 가지마다/ 뭇별을 끌어안아//
　　알알이/ 피어난 넋을/ 새빛으로 담아낸다.

- 「나무의 꿈」의 둘째 수 -

　　묵묵히 서 있는 나무의 실존을 증언하고 있다. 이시인은 잠재한 시재를
알맞은 시어로 운용하는 표현력이 뛰어나다. 이 또한 시인으로서의 재질
이다.

　　햇무리 수평선에/ 노을되어 펼쳐지니//
　　아련히 젖어드는/ 그리운 얼굴들이//
　　네바강/ 노을을 타고/ 두둥실 다가온다.

- 「여정의 쉼터」중에서 -

　　「여정의 쉼터」는 여행 중에 느꼈던 바를 적어 놓은 기행시조들이요 위
의 작품은 '네바강'에서의 느낌을 말한 것이다.

　이렇게 학문하던 때의 자취들과 삶의 실감들과 여정의 마디들과 자연의 정감들을 두루 詩作하여 놓았다. 그 표현이나 내용들이 꺽꺽하거나 막히지가 않고 물이 흐르듯이 자연스럽다.

　좀 더 욕심을 부린다면 눈길을 넓혀서 현실관이나 역사성이 있는 내용들도 형상화하여 주었으면 하는 바람이 있다. 하지만 위에서 보인바대로 자연에 대한 애정과 사물을 접한 정감과 일상의 정서를 시어로 아름답게 형상화하여 꾸밈없이 보여준 '표현의 묘'나 '시어의 운용'을 마음 기쁘게 생각하면서 이만 붓을 멈춘다.

1996.1.11 松坡寓舍에서 月河 씀

內密한 되새김과 성찰

- 李靜子의 시세계 -
전규태(전 연세대 교수, 시인)

시조집 『가을 꽃 여울 타고』로 전통에의 관심과 시인의 삶의 궤적, 그리고 열정적인 시세계를 보여주었던 이정자 시인은 그의 두 번째 시집 『하늘의 이슬로 된 진주이고자』를 연거푸 내놓는다. 시에 대한 이시인의 끈질긴 열정은 탄력 있는 언어 구사에서 그의 시인적 자질이 여실히 드러난다. 소박한 감수성의 시적 형상화로 압축되는 첫시집을 자세히 읽어보면 일상은 물론 옛것에 대한 다양한 관심과 다채로운 삶의 질이 결합된 것이었다. 이러한 이정자 시인의 특성은 이번에 상재되는 두번째 시집에도 그대로 이어지고 있다.

이번 시집에서 특별히 주목되는 것은 이시인의 시적 관심과 대상이 현실의 상황적 체험에서 얻은 소중한 예지와 잘 버물어져, 그 나름의 생존적 토대를 이룩하고 있다는 것이다. 자칫 소홀히 여기기 쉬운 사물에 대한 이 같은 집착은 아마도 이시인의 특이한 비평가적인 안목 때문이리라. 예술가는 직관으로서 삶을 관조한다. 문학은 인생을 있는 그대로 반영하는 것이라고 말하는 이도 있다. 이는 과학자가 일체의 현상을 순수하게 이지의 눈으로 관찰하는 것과 마찬가지로 문학은 우리들 인간의 눈으로 본 것을 반영하게 마련이다. 거기서 우리는 생활 속에 게재하는 인간 심리를 한층 더 잘 인식할 수 있게 된다.

그와 아울러 우리는 객관적으로 반영된 인생 앞에 우리들 자신의 여러 가지 희망이나 이상, 감정, 정서 등이 존재하고 있음을 알 수 있게 되며 인간 스스로 각자 지니는 생명력이 무엇인가를 호소하려고 할 때 무언가 부르짖는 소리를 들을 수 있게 된다. 아울러 우리들의 생활에 있어 공리를 떠나 인간의 뜻하는 것, 꿈꾸는 것도 알게 된다.

이정자 시인은 오랫동안 타성에 젖은 삶의 울타리 벽을 깨고 뒤늦게 문학과 학문을 시작했다.

이름 석자 앞에
괜찮은 직함 하나만
갖고 싶었습니다.

그래서
그것을 얻기 위해
허공을 많이도 뛰었습니다.

- 「직함」에서 -

엄두가 나지 않아 망설이던 중

후배가 나에게 말했습니다
"시작하기에 늦었다고 생각할 때
바로 그때가 시작의 기회라고"

그렇게 하여
다시 학문을 하면서
나는 새로운 것을 발견했습니다.

안정을 찾은
연륜의 나이테에서 오는
자신감을 -

새힘이 생기고
용기가 나고
집중하는 열정이 샘솟았습니다.

그것은 분명
연륜의 벽을 깨고
일어선
원숙한 자아의 열매였습니다.

- 「벽을 깨고」에서 -

　이시인은 남보다 훨씬 뒤늦게 시작했지만 연륜의 벽을 깨고 이제 한 가지 직함도 아닌 시인, 문학평론가, 국문학자라는 세 가지 직함을 갖게 되었으며 각 분야마다에서 자신감을 얻어 더욱 원숙한 경지로 진일보하고 있다.
　이정자 시인이 자신감을 갖게 된 데에는 그를 받쳐주는 정신적인 지주가 있어 보인다.

인생의
어려운 길목에서
당신은 나의 길을 열어 주었고
때로는 신의 음성보다 더
내 마음을 안정시켜주었습니다.

어린 시절
꿈을 키워 왔던
그 호숫가에서
이 가을
당신을 부릅니다.
당신의 마음을 부릅니다.

- 「가을에」에서 -

어려운 삶의 고비를 넘길 때마다 '당신'은 늘 그를 지켜주었다. 그러면서도 이정자 시인은 늘 회오하며 그 보답의 길을 모색한다.

- 「당신을 위하여」에서 -

시인 자신의 믿음의 삶을 잘 표현한 자품이다. 詩魂이란 다름 이넌 시인의 염원이 아니겠는가. 그의 이 같은 시는 흔히 신앙시가 빠지기 쉬운 매너리즘에 빠지지 않고 그의 시어는 윤리에 빠지지 않고 언어로서의 기능 위에 상상력의 깊이가 개입되어 있다. 바로 이 시인의 인간적 실존이다.

인간의 모든 행위란 따지고 보면 궁극적으로는 자기 존재에 대한 확인일 것이다. 그러니까 인간이란 폭넓은 사고력을 지니고 있는 존재이기 때문에 인간의 하나하나의 행위란 곧 思考의 표현이며 이 사고는 곧 자기 실존의 가장 중요한 요소인 것이다. 문학이란 좁게는 시란 궁극으론 인간의 삶을 표현하는 하나의 언술행위라고 말해도 좋을 것이다. 시란 이름을 빌어 인간적인 삶을 노래할 때 그 주제 내용이 중요한 것이지 그 외의 것은 부수적일 따름이다.

이런 시각에서 이정자 시인의 시를 읽어보면 그의 시는 인간의 삶을 진지하게 그리고 성실히 노래하고 있음을 알 수 있다. 그는 어설픈 시적 기법에 기대어 억지스런 시를 제작해 내고 있는 시인이 아니라 우리스런 삶의 맥박을 존중하며 시를 창작하는 시인임을 확인하게 되며 그 때문에 그의 진솔한 육성에 귀를 기울이게 된다.

이정자 시인의 시는 생활 주변적 시나 여행시에서도 대체적으로 주관적인 현실을 돋보기로 확대해가며 읊조리고 있다. 그의 시의 상당 부분이 자의식의 굴절이요 조금은 감상적 서정으로 엮어져 있다. 그러면서도 이정자 시의 특성은 자아 함몰에 의한 허우적거림이 없다. 객관적 현실의 반영에 초점을 둔 격렬함도 없다. 그리하여 자아함몰 아닌 자아관조의 시작품을 이정자 시인은 우리의 전통적인 율조에 곧잘 의탁하면서 슬기롭게 찾아내고 있다.

시인이란 항상 직관에 의해서 시를 쓰는 것이며 시의 언어는 그 때문에 논리적인 언어가 도달할 수 없는 경지에까지 이르는 것이리라.

이 시인은 보다 내밀한 자신에 대한 성찰과 자신이 딛고 있는 현실 그리고 더 나아가 그 현실과 되도록이면 유기적인 연관을 맺으려고 애쓴다. 따라서 이 시인은 모든 사물이나 事象들에 대한 깊은 성찰을 게을리 하지 않는다. 그렇다고 해서 이정자 시인은 인생문제를 거창하게 따지려 들지는 않는다. 그는 지극히 사소한 주변적인 것에서 눈뜸을 비롯한다.

> 길을 가다가
> 돌맹이가 채었다.
> 어디서 굴러 왔나 돌맹이 하나
> 이리 굴러보고 저리 굴러보고……
>
> 주워서 길가에 버렸다.
> 먼지를 일으키며 또르르 굴러간다
> 아! 해방이다.
>
> - 돌맹이 -

이렇게 사소한 돌맹이 하나라도 이시인은 눈여겨보며 거기에서 그 무엇인가를 汲得해 보려고 애쓴다.

어떤 엄마가 신세 한탄을 하였습니다.

그 어려운 시절
남편의 공부 뒷바라지를 위해
구멍가게를 했고
그 공부를 마쳤을 때 그 남편은
과로로 쓰러져 먼저 하늘나라로 갔대요.
<중 략>
결국 남은 건 주름진 자기 모습이고
자기 혼자더라고요.
인생은 혼자 왔다가 혼자 가는 것
그래서 혼자 사는 법을 배워야겠답니다.

-「혼자 사는 법」에서-

이처럼 지극히 일상적이며 주변적인 것들을 통해 삶의 철학 같은 것을 배우고 유기적인 연관을 꾀하며 다시 이를 통해 자신의 내면을 보다 폭 넓고 면밀하게 드러내려 하고 있다.

이와 같은 내면적인 상황의 드러냄을 통해서 이 시인이 딛고 있는 자리에 대한 매김, 즉 자신이 존재하고 있는 상황을 스스로 확인하고 있음을 여러 작품에서 두루 찾아볼 수 있다. 즉 그 주변에서 흔히 만나게 되는 꽃, 하늘, 바람, 돌맹이, 눈물, 호수 등이 이정자 시인의 시적 소재가 되고 시의 제목이 되고 있다는 점에서도 이를 어렵지 않게 발견할 수가 있다.

그렇다고 이정자 시인은 결코 鎖末的으로 빠져들지 않는다. 이 시인은 매우 주관적인 사물이나 사상들 속에서 일상적인 사소한 대상에 머무르지 않고 사물과의 내밀한 되새김과 성장을 통해 '삶'이라는 보다 옹글은 자신의 존재를 확인하려는 성실함이 엿보인다.

빠알간 꽃술마다
임의 향기 드리우고
꺾여도 머물고자
보듬어 피는 사랑

찔려도 아물어드는
상처이고져.

- 「장미」에서 -

자연의 순리대로
피어나고 뻗어나고
마지막 순간까지
눈부시게 장식하다
떨어져
땅에 누워도
아름다운 삶이여.

- 「은행잎」에서 -

위의 두 시는 시조의 틀에 담은 작품인데 응축된 이 단시형에서 이 시인의 시적 재능을 더욱 느끼게 한다.

제2시집 상재를 축하하며 앞으로 더욱 정진하길 바란다.

(1996.10)

<평자의 글>제3시조집: 기차여행>

생명의 이치를 담아 놓은 수줍은 언어

김 준(문학박사, 서울 여대 명예 교수)

프랑스의 계몽주의 철학자 볼테르가 한 유명한 말 중에 이런 말이 있다. "젊음이 알 수 있다면..., 노년이 할 수 있다면.." 어쩔 수 없는 인생의 아쉬움이 한껏 남겨 있는 말이다. 만일 우리가 세상을 논할 수 있는 성숙한 안목과 세파에 물들지 않은 청춘의 순수한 열정을 모두 갖출 수 있다면 얼마나 좋겠는가. 그런데 나는 자헌 이정자 시인의 다섯 번 째 시집『기차 여행』에서 청춘의 순수한 열정과 현실에 대한 성숙한 안목을 한꺼번에 만나볼 수 있는 기쁨을 얻었다. 뿐만 아니라 시집 곳곳에 자리 잡고 있는 푸릇푸릇한 생명력을 느끼면서, 자연의 순리를 다시 확인하면서, 한결 마음이 평화로워지는 기쁨도 얻었다.

1.
'젊은 가슴'이 '펼치는 꿈은 신록처럼 신선'하고 '끓는 피'의 사연은 '불덩이로 솟을 것'이다. -<축제전야>- 그러나 무엇보다 청춘의 순수한 열정은 사람에 대한 열망과 따로 떼어 놓고 생각할 수 없을 것이다. 시인은 '은하수/길을 놓은/별님들의 사랑얘기'-<존재의 별2>-. 에 관심이 있다. 다시 말하자면 저마다 사연이 있는 무수한 사랑 이야기에 모두 마음이 흔들린다. 그리고 시인의 사랑은 '수줍은 듯/ 사과처럼 붉히고서' '슬그머니 숨는' -<일몰 1>- 여성의 청순한 아름다움으로 표현될 때 빛이 난다. 김소월과 한용운이 그랬듯이 시적화자는 임에게 헌신적인 여성이다. 딸기

밭에서 '임 닮은/그 향기가/입안에서 맴 돌때'<딸기 밭에서2>- 행복을
느낀다. 임에게 '정성껏./요리하여' 상을 올리면서 -<화답시>- 혹시 임의
마음에 들지 않으면 어쩌나 염려한다. 그러면서 언제나 임을 기다린다.

> 이 밤이 지나가고 새벽이 다가오면
> 한마음 한 뜻으로 그리움을 태우면서
> 하나 둘
> 다가와 주는
> 기다림이 있습니다.
>
> 샛별을 찾아 나선 의로운 이들에겐
> 새벽을 지켜주는 사랑의 가로등이
> 둥지를
> 틀고 앉아서
> 새벽길을 밝힙니다.
>
> 사랑은 믿음으로 아름답고 고귀한 것
> 애틋한 가슴으로 날마다 쓸어내며
> 채워도
> 아쉬운 것은
> 님의 마음이랍니다.
>
> - <사랑의 가로등> 전문 -

　　위의 시조는 첫째수와 둘째 수가 선경(先景)으로 제시되어 있고 마지막
수가 후정(後情)에 해당됨으로써 적절한 시상의 효과와 주제의 심화를 이
루고 있다. 시조의 기본형은 단시조인데 단시조의 3장 형식은 일반적으로
선경후정(先景後情)의 원리를 따르는 것이 가장 좋은 기법으로 알려져 있
다. 이 삼장 형식은 동양 철학에 근원을 둔 것으로서 자연의 현상을 초장
과 중장에, 인간의 이지적 판단에 의한 서정적 자아의식을 종장에 나타낸

다. 위의 시조는 이러한 단시조의 원리를 연시조에 적용한 좋은 사례라고 할 수 있다. 첫째 수에는 밤새 잠 못 들고 새벽이 올 때까지 임을 기다리는 여인이, 둘째 수에는 아직 채 날이 밝지 않은 새벽 길 임의 발걸음을 지켜 줄 가로등이 제시되어 있다. 그리고 마지막 수에서 사랑은 믿음을 동반할 때 '아름답고 고귀한 것'이며 '채워도 채워도 아쉬운 것은 님의 마음'이라는 서정적 자아의 의지가 표명되고 있다.

이처럼 시적 화자의 여성성은 시인이 주로 사용하는 시어를 통해서도 드러난다. '정겨웁게, 정겨운, 다소곳이, 살포시, 슬며시, 소록소록, 소복소복, 방긋이, 배시시, 조심스레, 수줍은 듯, 사르르' 등은 시인이 주로 사용하는 수식어인데 그 어감은 청순하고 밝고 부드럽고 얌전한 여성성을 지니고 있다.

시의 언어와 과학적 혹은 논리적 언어는 다르다. 과학적이거나 논리적인 언어 즉 외연적(外延的) 언어는 어떠한 사실을 단순하고 명백하게 전달하는 목적을 가지고 있기 때문에 사실에 얽매이며 정확하게 전달하려는 기능으로서의 도구나 수단에 불과하다고 할 수 있다. 그러나 시의 언어는 내포적 언어로서 어떤 사물이나 체험을 정확하게 전달하는 수단이나 도구로서의 역할에 얽매이지 않고 생생한 상징이나 비유를 사용하기도 하여 보다 다양한 의미와 다채로운 감성 그리고 시인이 말하고자 하는 진실성의 전달을 중시한다.

결국 시의 언어는 사실 자체에 얽매이지 않고 언어 자체의 자율적인 질서와 세계를 창조하는 것이다. 이 시집의 시어 특히 수식어가 형성하고 있는 특성은 곧 시인이 전달하고자 하는 진실성과 깊은 연관이 있음은 의심의 여지가 없다. 여성성을 지닌 시어의 빈번한 사용은 시인이 여성적 아름다움에 기대어 순수한 젊은 날의 사랑을 표현하고 있음을 보여주는 것이라고 할 수 있다.

2.

첫사랑의 열병을 앓으면서 보내야 했던 청춘이 지나고, 사랑이 인생의 모든 것을 대신하던 짧았던 시간이 가버리고, 어느 듯 그 날들은 추억으로만 남아 있게 된다. 그 젊음에 대한 아쉬움은 우리나 시인이나 매한가지일 것이다.

추억이
난무하는
덕수궁 돌담길엔

낙엽이
굴러가고
언어들이 굴러가고

젊음이
숨쉬는 그 곳
변함없는 돌담길.

- <덕수궁 돌담길> 전문 -

덕수궁 돌담길의 경험은 시인만의 독특한 경험이라기보다 일반화된 경험이다. 경복궁이며 창덕궁, 비원, 남산, 그것도 아니라면 어느 이름 없는 공원이라도 좋다. 연인과 함께 걷는 길은 덕수궁의 돌담길처럼 낭만적이다. 따라서 연인과 함께 걸었던 모든 길을 상징하는 것이 덕수궁의 돌담길이다. 그런데 문제는 그 곳은 거기에 변함없이 남아 있어나, 젊은 날의 연인은 어디로인지 떠나가고 없다는 것이다. 그것은 이별 때문이기도 하고 세월 때문이기도 하다.

낙엽이 되어버린 그 사랑을 추억하는 것은 때론 삶의 윤활유가 되기도 한다. '춤추는 / 갈대밭에 / 마음을 걸어 두고 // 추억 속 / 길을 좇아 / 달려가 보기도 하고'(<갈대의 꿈>) '추억 속 / 영상을' 보기도 하며 '홀로 미소 짓는'(<정겨운 옛 모습>) 것은 무엇과도 바꿀 수 없는 소중한 일이다.

'지난 시간 / 낙엽 속에 묻어오면 // 언젠가/ 떨구고 간 / 언어의 밀알들이 // 이 가을 / 머리를 들고 / 걸음마다 밟혀온다' (<낙엽을 밟으며>) 어쩌면 우리는 언어의 반을 혹은 그 이상을 추억에 할애하고 있는지도 모른다. 특히 시인은 추억을 영원히 간직하기 위해 시를 짓는지도 모른다. 왜냐하면 '지나온 / 발자국을 / 돌아서서 살펴봐도 // 세월이 / 안 보이듯 / 발자국은 안 보이고 // 마음만 / 혼자 남아서' (<발자국>) 있는 것이 안타깝기 때문이다.

위의 시조는 담겨 있는 내용 뿐 만 아니라 형식에 있어서도 주목을 끈다. 현대시조는 한 편의 작품을 구성하는데 있어서 종래 고시조의 단순성과 평범성을 지양하고 시인의 표현의도와 전달효과에 알맞은 시행을 가름하고 있다. 그것은 특히 입체성과 기복성을 중시한다. 자세히 말하자면 3장의 각 장이 고시조처럼 한 줄의 시행으로 표기 되는 것이 아니라 각 장마다 시행을 어떻게 나누어야 하는지 몇 행이 모여서 한 장을 이루는 것이 가장 효과적인지 세심한 주의를 기울여 시행을 가름한다.

위의 시조를 보면 초장 중장 종장의 첫 어절을 모두 3음절로 하고 있으며 3음절을 1행으로 하고 있다. 그리고 각 장이 끝날 때마다 한 줄을 비워 놓음으로써 각 장의 첫 어절 '추억이' '낙엽이' '젊음이' 세 어구만을 가지고서 시인이 전달하려는 메시지를 짐작해 볼 수 있다. 그리고 곧 바로 그 짐작이 크게 벗어나지 않았음을 확인하게 될 것이다. 그만큼 시행의 배열은 시의 구성에서 중요한 위치를 차지하며 시의 감상에 지대한 영향을 미친다.

청춘은 사랑과 함께 떠나가 버렸다. 그래도 그 때를 추억하며 홀로 미소 지을 수 있다. 추억은 시간의 흐름 속에서만 터득할 수 있는 인생의 소중한 자산이다.

노을이 내려앉은 저녁 바다 수평선은
오색의 색종이를 뿌려놓은 모빌처럼
현란한
바다 축제가
파도 속에 물든다.

황혼이 바다 속에 제 모습을 감출 때면
갈매기 나래 접고 다소곳이 다가오고
바다는
긴 숨을 쉬며
파도 속에 잠든다.

- <저녁바다> 전문 -

우리는 어떤 제목이나(또는 사실)을 가지고 시조를 지을 때 인상적이고 사실적으로 가능할 수 있는 체험이나 기억들을 동원해서 시상을 전개한다. 이 때 가장 구체적이고 인상적인 이미지를 잡아서 시의 씨앗으로 삼고 시의 싹을 트게 한다. 그런 다음에는 예민한 감수성과 풍부한 상상력에 의해서 관련된 생각과 느낌을 적절하게 배합시켜 한 편의 시조라는 생명체를 탄생시킨다. 이런 뜻에서 시상의 포착이야말로 시조 창작에 있어서 작품의 성패를 좌우하는 중요한 관건이라 할 수 있다.

위의 시조는 이러한 시상의 참신성과 독창성을 지닌 빼어난 작품이다. 우선 직접적으로 세월의 흐름을 언급하지 않으면서도 시간의 흐름을 나타내는 '노을' '내려앉다' '저녁' '황혼' '제 모습을 감출 때' '나래 접고' '잠든다' 등과 같은 시어가 모두 전체적으로 세월의 깊이를 연상시킨다. '오색의 색종이' '현란한 바다축제' 등의 힘찬 젊은 기운이 파도 속에 물듦으로써 마지막 빛을 다하고, 파도 속에 잠듦으로써 평안을 실어다 준다. 이는 시간의 흐름을 시각적 이미지로 표출한 것이다. 이 시에서 저녁바다로 표현된 이미지는 결코 쓸쓸하거나 슬프지 않다. 오히려 평화롭다. 죽음을 의미하는 밤의 이미지를 연상한다면 저녁의 이미지는 분명히 절망을 안겨 줄 수도 있다. 하지만 이 시에서의 시적화자는 밤의 이미지를 하루의 일과를 잘 마무리하고 쉼을 얻는 평안함으로 부각시켰다.

'이 세상 / 삶의 깊이 / 몇 해 동안의 계약일까 // 얼마쯤 / 살아보면 / 그 수명에 만족할까?'(<어떤 죽음>) 정확하게 알 수는 없지만 아마도 사람들은 모두 오래 살고 싶어 할 것이다. 그러나 '주어진 / 생명 길조차 / 가름 못할 세상살이'를 살아가는 지혜는 '참깨를 틀며 / 해 가는 줄 몰라라'(<가을 향기5>)에서 시간의 흐름조차 의식하지 못하고 바쁘고 성실하게 살아가는 촌부의 생활을 보며 죽음의 불안도 초월할 수 있음을 읽을 수 있다.

3.

연륜(年輪)은 그저 시간의 흐름만을 의미하지 않는다. 살아가면서 터득하게 되는 삶의 지혜라든가 현실에 대한 예리한 비판적 안목은 연륜과 경륜의 깊이에서만 가능하다. 시인은 이 사회를 향해서도 예리한 필봉을 휘두르고 있다. 남북 이산가족의 상봉을 보면서 반복된 이별을 겪어야 하는 현실을 아파하며, 대구 지하철 참사와 같은 인재(人災)를 비판한다. 취경루, 무선정, 도산서원 등에 가서는 민족의 역사를 되돌아보면서 나라를 생각하는가 하면 권력에 아첨하는 자들에 대한 비판을 서슴지 않는다. 그렇다고 비판만을 일삼는 것은 아니다. 명절을 통해 가족의 중요성을 언급하거나 불우한 이웃에 대한 베풂의 필요성을 지적하고, 절망에 빠진 이웃에 대한 아픔의 나눔을 강조하기도 한다.

1.
무너진 집터보고 망연자실 시골아낙
집나간 가장은 소식조차 없으니

아낙은 남편 찾느라 흙더미만 뒤적이네.

2.
쓸어져간 농토는 흔적 없이 사라지고
밀려온 진흙탕만 봉만을 이루었네.
농부는 하늘만 보고 할말조차 잃었다.
3.
개울도 넘쳐흘러 강물을 이뤘으니
논이며 밭인들 온전할 수 있을까
길조차 없어졌으니 어느 길을 새로 낼까
- <태풍이 지나간 자리> 일부 -

위의 작품은 태풍의 피해를 입은 현장을 절절하게 그려놓았다. 집터가
무너지고 남편을 잃어 망연자실한 시골 아낙의 모습이며, 초록 물결을 이
루어야 하는 농토가 붉은 진흙탕으로 뒤덮여 있고, 애써 지은 농사가 허사
로 돌아가자 어찌해야 할 줄 몰라 하늘만 쳐다보고 한 숨 짓는 농부의 모
습이 떠올라 가슴이 아프다. 시인은 도대체 무엇 때문에 이들에게 이런 재
앙이 닥쳤는지 안타깝기만 하다. 하늘이 노해서 하늘이 뚫렸을까. 무엇이
잘못이었는지 살아온 세월들을 되짚어 본다. 자연재해를 보고 인간의 잘
못에 대한 용서를 빈다는 것은 어찌 보면 어리석은 행동처럼 여겨진다. 그
러나 인간에게 무서운 벌을 내린 자연을 향해 기도하지 않을 수 없는 시인
의 심경을 읽을 수 있다.

경륜의 깊이에서 얻을 수 있는 것 중 무엇보다 주목해야 하는 것은 삶의
이치에 대한 깨달음이다. 그 깨달음은 청춘시기가 지나야만 가능한 것이
다. 시인은 자연으로부터 그 깨달음을 얻는다. '인생도 나무처럼 / 가을이
면 옷을 벗고 / 봄이면 새옷으로 / 갈아입는 존재라면 / 세월을 / 탓하지 않
고 / 기대감에 부풀텐데'(<가을을 보내면서2>) 라고 하여 1회성 인생 삶
에 대해 아쉬워하기도 하고, '몸을 낮춘 담장덩굴 / 비바람 / 몰아쳐도 / 정

겨웁게 속삭이네 //저마다/ 엮어가는 삶이 / 지혜롭기 그지없다.'(<담장이
덩굴>)라고 하여 힘겨워도 그것을 견뎌낼 줄 아는 '담장이 덩굴'의 지혜
를 놓치지 않는다.

> 강물은
> 드러내지 않으면서도
> 그 목적을 달성한다.
> 강물은
> 흐름이 보이지 않으면서도
> 바다에 닿는다.
> 고요히
> 흘러가는 강물에서
> 겸손을 배운다.
> 순리를 배운다.
>
>   - <강가에서>전문 -

한 구절도 허투가 없는 작품이다. 요란하게 자신이 하는 일을 내세우지
않고 '흐름이 보이지 않으면서도' 자기의 길을 가고, 목적을 달성하는 강
물에게서 겸손과 순리를 배운다고 했다.

시인은 장인으로서 기술만 가지고 시를 쓰는 것이 아니라 인생관, 세계
관, 역사의식 등 현실을 통찰할 수 있는 의식과 정서가 심화되어 있어야
한다. 이것은 시인이 가지고 있는 의식의 본바탕이자 시의 위대성을 결정
하는 중요한 요건이다. 시의 사상이 뛰어나면 그 시인의 작품은 그 만큼
위대해질 수 있다.

4.

지금까지 살펴본 것처럼 시인은 세월의 흐름을 젊은 날의 열정과 삶의
지혜와 자연으로부터의 깨달음, 나아가 자연의 일부로서의 자신을 발견

하고 그 모든 것을 형상화하였다.

'바다의 / 숨결소리가 / 내 안에서 속삭이네.' (<바다의 숨결>). '푸르른 / 청솔그늘 / 젖은 마음 씻어 주네'(<산식구2>) 라고 노래한다. '해금강 암벽 위에 우뚝 솟은 소나무야 / 어떻게 그곳에서 뿌리를 내렸느냐?' (<생명의 신비>)고 물으면서 배우기를 청하는 모습은 비장하며 '옹달샘 / 맑은 물에 / 청개구리 두어 마리'를 보면서 '아기는 / 어디에 두고 / 너희들만 나왔지?'(<산 식구>)라며 묻는 모습은 천진난만하다.

가만히
귀 기울어
봄의 소리 들어 본다

아련히 멀리서 겨울이 작별인사 하는 소리
어영차 새싹들이 땅을 비집고 나오는 소리
가지마다 새순들이 햇살과 속삭이는 소리
연초록 잎 사이로 새들의 노래 소리
졸졸졸 개울물 내려가는 소리
응달에 웅크린 나목이 기지개 켜는 소리

만물이
생기를 얻어
태어나는 소리소리.

- <봄이 오는 소리> 전문 -

위의 작품은 중장의 시구가 길어진 사설시조에 해당한다. 조선 후기에 생겨난 이 형식은 사상과 감정이 복잡해짐에 따라 단시조로는 표현하고자 하는 것을 다 담아낼 수 없고, 연시조로는 표현하고 싶은 것을 나타낼 수가 없을 때 사용한다. 위의 작품에서 기본형에서 길어진 중장의 내용을 보면 다양한 소리가 나열되어 있음을 알 수 있다. 이것은 초장에서 귀 기울어 봄 소리를 들어보고자 하는 시적 화자의 동작이 있은 후에 제시된 소리들로서 시적 화자가 듣고 있는 소리를 독자들과 함께 공유하는 현재성을 부여해 준다. 이 다양한 소리는 놀랄만한 청각적 이미지를 형성한다. 새소리나 개울물 소리는 누구나 들어 보았을 것이다. 그런데 겨울이 작별인사 하는 소리, 새싹들이 땅을 비집고 나오는 소리. 새순들이 햇살과 속삭이는 소리, 나목이 기지개 켜는 소리는 아마도 시인의 상상 속에서나 있을 법한 소리일 것이다.

문학적 상상력은 눈앞에 없는 사물의 여러 가지 이미지를 마음속에 불러일으키는 힘을 가지고 있다. 상상력이 풍부하게 발휘될 때 필연적으로 감수성에 어떤 변혁을 가져오게 된다. 그러면 지금까지의 사물에 대한 느낌이나 태도, 생각이나 관점이 달라지게 된다. 상상력과 감수성이 메말라 있는 단순한 시는 아무리 화려한 이미지나, 리듬, 시어를 동원한다고 해도 아무런 생명력이 없다고 할 수 있다. 우리가 시를 짓거나 다른 시인의 작품을 읽는다고 할 때, 그것은 창작자나 독자의 모든 감성을 상상력의 작용에 맡기는 행위이며, 이 행위는 사물과의 관계를 새롭게 조성하는 결과를 낳는 것이다. 시인은 단순히 이미 존재하는 사물을 모방하는 것이 아니라 상상력에 의해서 새로운 사물을 만들어 낸다. 이자헌 시인의 상상력으로 만나게 되는 청각적 이미지는 우리로 하여금 지금까지의 자연에 대한 태도나 생각을 바꾸어 놓고 있다. 이젠 등산을 하면서, 혹은 숲 속을 산책하면서 겨울이 작별인사 하는 소리, 새싹들이 땅을 비집고 나오는 소리, 새순들이 햇살과 속삭이는 소리, 나목이 기지개 켜는 소리들을 의식하게 될 것이다. 이것이 문학적인 상상력의 힘이다.

이처럼 시인이 '만물이 / 생기를 얻어 / 태어나는 소리소리' 귀 기울이고 있었던 이유는 생명에 대한 경이감 때문이다. 생명에 대한 경이감은 <담장이 덩굴>, <지리산 노고단에서>, <가을을 보내며3>, <봄으로 가는 길>, <봄이 오는 소리>, <해금강의 십자동굴>, <생명의 신비>,

<아! 생명>등 여러 편의 시조에 나타나 있는데, 그 중에서 <아! 생명>은 잊혀지지 않을 만큼 인상적인 이미지를 제시하고 있어 돋보이는 작품이다.

별바른 눈꽃 속에 피어난 초록 생명
아직도 봄바람은 산 너머 저편인데
嚴冬(엄동)의
한파 속에서
생명 불을 붙였구나.

초록빛 잎새에서 샛노란 꽃망울로
계절을 훌쩍 넘어 봄인 듯 피어나니
자연도
대자연의 위력엔
그 살피를 잊는구나.

- <아! 생명> 전문 -

하얀 눈이 햇빛에 반짝거리니 눈이 부시다. 눈부신 하얀 눈이 끝없이 펼쳐져 있는데, 그 흰눈 속에 초록 새싹이 돋아나 있다. 그 눈부신 흰눈 속에 초록 잎새 사이로 보랏빛 꽃망울이 돋아난다. 비록 초록 잎새와 보랏빛 꽃망울은 조그맣지만 흰눈과의 대비로 선명하게 부각되어 있다. 아니 작기 때문에 더욱 선명하고 소중하기까지 하다.

우리가 다른 사람의 이야기를 듣거나 경험했던 사실들을 기억할 때, 어떤 사실 자체나 관념, 또는 사상보다는 감각적 이미지에 의해 더욱 생생하게 기억한다. 논리나 관념은 잊어버리기 쉽지만, 구체적인 이미지는 좀처럼 잊혀지지 않기 때문이다. 우리는 갑자기 옛날 다정했던 친구의 이름은 떠오르지 않지만, 그 친구의 인상으로 기억되는 이미지만은 지워지지 않는다. 참신하고 인상적인 이미지는 우리의 기억 속에서 영원히 지워지지 않기 때문에 시조에서도 이미지의 중요성이 강조되며 따라서 좋은 시조, 절실한 감동을 주는 시조, 영원히 기억 속에 남는 시조에서 이미지의 비중은 크다고 할 수 있다. 그렇다고는 해도 이미지에는 시인의 정서와 사상이 반드시 반영되어야 한다. 또 역으로 시인의 정서와 사상은 독창적인 이미지로 표현되어야 좋은 작품이 될 수 있다.

자헌 시인은 단호하기보다 수줍은 색시처럼 메시지를 전한다. 그러나 그 메시지는 강렬하다. 젊음도 노년도 죽음도 모두 생명의 일부이다. 젊음과 노년과 죽음은 생명의 이치이다. 생명의 순환은 슬퍼할 일이 아니며 다만 아쉬울 뿐이다. 그 아쉬움을 달랠 수 있는 것은 추억과 성실함이다. 추운 겨울을 이겨내고 피어난 봄꽃이 만발한 시집『기차여행』은 이처럼 상렬한 메시지를 우리에게 전하고 있다. ♣

★ 저자 소개

자헌(慈軒) 이정자(李靜子)
시인 문학박사 대구사범학교졸
이화여대졸 건국대대학원 (전)건국대 교수
한국문인협회회, 한국시조시인협회중앙위원,
이화동창문인회 이사, (사)한국시조문학진흥회 이사
올해의 시조문학 작품상 수상(2006)

▶ 논저
  [한국 시가의 아니마 연구] (백문사,1996)
  [시조문학연구론](국학자료원,2003)
  [글쓰기의 길잡이](국학자료원,2005)
  [제정공 이달충 문학](국학자료원,2006)
  [시조 한 수에 역사가 숨쉰다](한국학술정보,2009)
  [고전의 샘에 마음을 적시다](국학자료원,2009)
  [현대시조, 정격으로의 길](국학자료원,2009)
그 외 국문학 관련 논저 및 논문 다수
▶ 자유시집
  [하늘의 이슬로 된 진주이고자](백문사,1996)
  [영의 눈이 뜨일 때] (한결,2001)
  [마음의 풍경](새미,2008)
▶ 시조집
  [가을 꽃 여울 타고] (토방,1996)
  [마음의 창을 열면](한결, 2000)
  [기차여행 - 사계의 노래](새미,2005)
  [시조의 향기](새미,2007)
  [자연의 곳집을 열고](새미,2009)
▶ 에세이집
  [풀은 마르고 꽃은 시드나] (한결,2001)
  [당신의 인생도 업그레이드 해보라](국학자료원,2006)

-자연의 곳집을 열고
-부엉이 바위

지은이| 이정자

인쇄일| 초판1쇄 2009년 9월 1일
발행일| 초판1쇄 2009년 9월 4일
펴낸이| 정진이
　총괄| 박지연
디자인| 김숙희 이솔잎
마케팅| 정찬용
　관리| 한미애 강정수 손지애
펴낸곳| 새미

　　등록일 2005 03 14 제17-423호
　　서울시 강동구 성내동 447-11 현영빌딩 2층
　　Tel 442-4623 Fax 442-4625
　　www.kookhak.co.kr
　　kookhak2001@hanmail.net

　ISBN| 978-89-5628-314-2 *03800
　가격|14,000원

＊ 저자와의 협의하에 인지는 생략합니다.
새미는 **국학자료원**의 자회사입니다.
잘못된 책은 구입하신 곳에서 교환하여 드립니다.